文庫

霊長類ヒト科動物図鑑

向田邦子

文藝春秋

霊長類ヒト科動物図鑑　目次

単行本　昭和56年9月　文藝春秋
文　庫　昭和59年8月　文春文庫
（本書は右文庫の新装版です）

この作品の中に、現在では差別的表現とされる箇所があります。しかし、著者の意図は決して差別を容認、助長するものではありませんでした。また、作品の時代的背景及び著者がすでに故人であるという事情にも鑑み、あえて発表時のままの表記といたしました。

（編集部）

霊長類ヒト科動物図鑑

豆腐

古いカレンダーをはずして、新しいものに掛け替える。

感慨といえるほどご大層なものではないが、やはりご不浄のタオルを取り替えるのとはわけが違う。多少しんみりした手つきになって、古いカレンダーをすぐに紙くず籠に叩き込むには忍びなく、めくって眺めたりしている。

私は日めくりではなく、ひと月ごとのかなり大判のカレンダーを使っている。日付けの下が四角いメモになっていて、その日の予定を書き込める形式である。端がめくり上り、赤鉛筆やボールペンの書き込みのある十二カ月のそれを見ていると、確かにその日はこんなことがあったと、すぐに思い出せる日もある。

白いままで、その日は何をしたのやらわからない日もある。誰とも逢わず格別のこともなく、ぼんやりと過したようにも思える。書いてないだけで、気持の底を探ると、何かひとつぐらいはピカリと光る小さなものをみつけた日かも知れない。

ご飯粒のなかの石を噛みあてたような、小さな不快を忘れるともなく忘れてしまった日かも知れない。

過ぎ去ってしまえばもはや思い出すことさえもない時間と気持の積み重なりが、年の終りの古いカレンダーなのである。取って置こうかな、という未練を断ち切るように、すこし勢いをつけてくず籠にほうり込む。

それから、釘のゆるみをたしかめて、新しい年の、真白いカレンダーを掛けるのである。

手のつかぬ月日ゆたかや初暦

吉屋信子というかたの句である。

車谷弘氏の名著『わが俳句交遊記』のなかでこの句を見つけた。

吉屋信子という名前は、私のように戦前にセーラー服を着た女の子には懐しい名前である。この人の『花物語』という少女小説を、友達に借りて読んだ覚えがある。挿絵《さしえ》はいつも中原淳一画伯であった。憂い顔の、つけまつ毛を三、四枚重ねたような大きな瞳の女の子の絵であった。この女の子に鼻があったかどうか、どうしても思い出せない。

この本を貸してくれた女の子は、前の総理大臣と同じ苗字だった。私は借りた本に、しみをつけてしまい、どう言って謝ろうか、その子のうちの前ですこし立っていたような記憶がある。私のうちはどういうわけか少女小説というものを一冊も買ってくれなかった。

いまのように子供が自分の小遣いで自由に本を買う時代ではなかった。本は子供の分も父が買って来て、私たちはあてがい扶持《ぶち》であった。

父は暗に「こんなベタベタしたものは読むことはない」という風な口を利《き》いていたが、今にして思えば、本屋で、

「吉屋信子の『花物語』を下さい」

というのが、大の男としてきまりが悪かったのだと思う。

そんなわけで長いこと吉屋信子女史にはご縁がなかったのだが、この句を見たとき、ハッとするものがあった。

おろしたてのカレンダーを前にして、誰もが抱く期待を、こんなにも素直に鮮やかに詠んだ句にお目にかかったのは初めてである。

長いこと失礼をいたしました、と頭を下げたい気持であった。

一日、というのは、白い四角い箱のようなものだと思っているふしがある。

ろう。

　どうやらこれは、日付けの下が四角いメモになったカレンダーを使っているせいであ
　おひる近くになると、四角い白い箱の上三分の一に、黒い幕が下りてくる。夕方になるると、黒いカーテンは三分の二ほどに下りてきて、

　「あ、大変だ」

　とあわててしまう。

　黒いカーテンは、夜中の十二時になると白い四角い箱をおおい尽し、箱は黒くなって
その日は終るのである。

　子供の時分、台所や茶の間の柱にかかっていた日めくりのせいかも知れない。

　更に言えば、ひと月というのは、豆腐を何丁も積み上げたものだという気もしている。

いつどこで見たのかはっきりしないのだが、幼い時分に間違いない。

　誰かに手を引かれた私は、豆腐屋の店先で、四角い大きな湯船のようなものに漂って
いる巨大な豆腐の塊《かたま》りに、おじさんが包丁を入れているのを見ていた。

　白い大きな塊りは、一丁ずつの豆腐に切り分けられ、ふわりと水中に浮び、鍋のなか
に入れられる。

　それが、私のなかでは「一日」なのである。

　気ばかり焦ってうまくゆかず、さしたることもなく不本意に一日が終った日は、角の

グズグズになった、こわれた豆腐を考えてしまう。

小さなことでもいい、ひとつでも心に叶《かな》うことがあった日は、スウッと包丁の入った、角の立った白い塊りを、気持のどこかで見ている。


子供の時分、豆腐は苦手であった。

おみおつけの実や鍋ものに、よく食卓にのぼったが、こんなもの、どこがおいしいのかと思っていた。

色もない、歯ごたえもない。自分の味もない。

ぐにゃぐにゃしていて、何を考えているのかはっきりしない。自分の主張というものがない。用心深そうでもあるが、年寄り臭くて卑怯《ひきよう》な感じもある。人の世話もやかない代り、余計なことは言わず失点もない。私はこの手の人間にいつもやられていたせいか、苦手なのである。

そんなことから、逆恨《さかうら》みもあって、長いこと豆腐を袖にしてきたのだが、此《こ》の頃になって、このはっきりしないものを、おいしいと思うようになった。

若気の至りで色がないと思っていたが、豆腐には色がある。形も味も匂いもあるのである。

崩れそうで崩れない、やわらかな矜持《きようじ》がある。味噌にも醤油《しようゆ》にも、油にも馴染《なじ》む器量の大きさがあったのである。

さて、年のはじめである。

手のつかぬ豆腐、ではなかった一日一日が、カレンダーのなかに眠っている。その一日にどんな味をつけてゆくのか、そういえば、吉屋女史に、同じ初暦を詠んだこんな句もあった。

初暦知らぬ月日は美しく

寸　劇

お人が見える。

玄関先でさりげなく時候の挨拶などかわしながら、見るともなく見ると、なにやら風呂敷包みを抱えておいでになる。

風呂敷の包み具合、大きさ、抱え方で、自分用の買物かそれとも私どもにお持ち下さった品か、一目で判ってしまう。

そんなことはおくびにも出さず、まあお茶でもいっぱいいかがですかと上っていただくのだが、ここでおみやげをお出しになるかたと、コートなどと一緒に玄関に置き、帰りぎわに出すかたとおいでになる。

置いた感じからカステラかしら、持ち重りのするところをみると羊羹《ようかん》かな、揺らさぬようにそっと置いたところをみると洋菓子かしら、とちらりと横目を使いながら、そんなものは、全く目に入らないといった素振りで、客間へ御案内しなくてはいけない。お茶の用意に台所へ引っ込みながら、けっこう頭のなかはせわしなく考えているのである。

箱のなかのものがケーキだとしたら、ケーキは出さないほうがいい。あるところへ持ってきたということになると、察しが悪いようでいけないから、ここはあっさりと番茶にお煎餅《せんべい》でゆこうか。

苺《いちご》の時期などは殊《こと》に気を遣ってしまう。

万一、うちで出した苺のほうが来客の持ってみえた苺より大粒であったら、申しわけない。

こういう場合は、あいにく水菓子は切らしておりまして、という風にもてなしたほうがいいのである。

あれやこれや考えて茶菓をととのえ、いざ、お帰りとなる。

「つまらないものですが」

「まあ。いつも御心配、恐れ入ります」

決り文句である。

さっきから、そうじゃないかとお待ちしておりました、など口が腐っても言わないことになっている。

苺だと思って頂戴《ちょうだい》して、夜、気の張るお客様がみえる、これでデザートは助かったと思い、いつもよりお愛想よくお見送りしてあけてみると、フェルトのスリッパだったりして拍子抜けするのである。


みごとなシメジの到来物があった。

真白くて艶《つや》があり、大きさも小振りの松茸《まつたけ》ほどもある。匂い松茸味シメジというくらいで、お値段は松茸よりはるかに安直であるけれど、煮てよし焼いてよし、炊き込みご飯にしてもおいしい。

日頃お世話になっているお宅に伺う機会があったので、お裾《すそ》分けすることにした。丁度手頃な籠があったのでそれに詰めて持参した。

私はせっかちなたちなので、手土産は上る前に玄関先で手渡したいのだが、風呂敷包みをごそごそやっているうちに相手は客間に入ってしまい、機会を失してしまった。

仕方がない、帰りぎわにしようと思ってお邪魔をしたのだが、ここで私は大変なおもてなしに与《あずか》ってしまった。

時分どきにはまだ早いのに、引きとめ、鰻重《うなじゅう》を取ってくださる。それもナミではなく、みるからに上等の、顔が写りそうな黒塗りのピカピカの二段になったお重である。

到来物ですが、といってメロンが出る。

両方とも好物なので遠慮なく頂戴しながら、ふと私は不安になってきた。

玄関においてある籠の中身を、このかたたちは、松茸と思っておいでなのではないか。

丁度松茸のシーズンである。

そういえばあの籠は、先日京都から届いた松茸のいれものである。

ペテンにかけたようで、とたんにメロンの味が判らなくなった。

私の予感は的中した。

「松茸みたいですけど、これはシメジなんです」

恐縮しながら差し出した私に、夫人は、

「あら、シメジだったの?」

いつもよりオクターブ高い声でこういうと、体を二つ折りにして笑い出した。


時分どきに見えるお客は、必ず済ませて参りました、とおっしゃる。

「まあ、いいじゃございませんか。お鮨《すし》は別腹と申しますよ」

「ほんとに済ませてきたんですのよ。とってもいただけませんわ」

「まあ、そうおっしゃらずに、ひと箸《はし》おつけになってくださいまし」

「そうですか、それでは」

朝を半端《はんぱ》にいただいたので、まだおなかがすいておりません、という客には、

「ほんのおしのぎ」

といってすすめると、大抵は綺麗《きれい》に召し上ってくださる。

だがなかには、済ませてきましたと言ってしまった手前、途中で路線変更は格好が悪いと思うのだろうか、頑《がん》として箸をつけず、帰られるかたもある。

本当に済ませてみえたのかも知れないが、すこし依怙地《えこじ》なものを感じて、私自身は、済ませて行っても、おなかに余地のある場合は箸をつけるようにしている。

「実は食べはぐってしまって腹がペコペコなんですよ。パンでもお結びでもいいから食べさせてくれませんか」

年に一度ぐらい、こういう客がある。

とても嬉しいものである。

ほんのあり合せで手早く用意をととのえ、みごとな食べっぷりをみていると、こちらが逆にご馳走になっているような豊かな気分になってくる。

だが、これも、それを言える人柄、言って似合う個性というものなのだろう。誰でも彼でも出来る芸当ではなさそうである。

子供の時分から客の多いうちで、客と主人側の虚実の応対を見ながら大きくなった。見ていて、ほほえましくおかしいのもあり、こっけいなものもあった。

だが、いずれにも言えることは、両方とも真剣勝負だということである。虚礼といい見えすいた常套《じようとう》手段とわらうのは簡単だが、それなりに秘術をつくし、真剣白刃の渡合いというところがあった。

決り文句をいい、月並みな挨拶を繰り返しながら、それを楽しんでもいた。お月見やお花見のように、それは日本の家庭の年中行事でありスリリングな寸劇でもあった。

そして、客も主人もみなそれぞれにかなりの名演技であった。

助け合い運動

はじめて老眼鏡を注文に行ったとき、私の機嫌はあまりよろしくなかった。

「眼鏡はひとつでよろしいですか」

若い男の店員が丁寧にたずねるのも癪《しやく》にさわる。

眼性《めしよう》がいいとおだてられ、遠くの看板の字が読めると威張っていた分だけ早く、近場《ちかば》が見え難《にく》くなっていた。なんのかんの言ったところで、年をとったのである。

否《いや》が応でも、それを悟らされている。

おまけに、老眼鏡の高いこと。その辺のブラ下りのお洒落《しやれ》用サングラスの三倍もする。今まで、眼鏡のお世話になったことがないだけに、そこのところも腹がたってならない。

靴下やパンティじゃあるまいし、穴があいたりゴムが伸びたりするわけじゃないだろう。こんなもの二つも買うお人好しがいるか。

年寄りが眼鏡が見あたらないといってうろうろしているのは見たことがあるが、そこまでボケてはいないのだ。

「ひとつで結構です」

私は、威厳をもってこう答えた。

やがて、老眼鏡は出来上った。

細かい字がハッキリ見える。私は、辞書を開き、「龜《かめ》」という字を引いたりしてしばらく楽しんだ。

老いの悲しみと屈辱のなかにも、ささやかな喜びはある。

ところが、しばらくたつと、扱いが手荒かったのか、眼鏡の枠《わく》の具合が悪くなってきた。小さなねじがゆるんできたのである。

そういうときのために、小さなねじ廻しをサービスに貰っていたので、早速《さっそく》取り出して直そうとして気がついた。焦点がはっきりしないのである。

老眼鏡の具合を直すためには、もうひとつ老眼鏡がいるということが判った。

似たような失敗は、前にも覚えがあった。

停電や地震火事に備えて、私のうちにも懐中電灯ぐらいは置いてある。置場所は決めてあったのだが、生来だらしがないものだから、急の停電のとき、その場所を探ったが、そこに無かった。

「そうか。この前、納戸《なんど》へ本を探しにいったとき、置いてきたのかも知れない」

納戸へゆくのに、壁伝いに手さぐりでそろそろと歩きながら、

「こういうとき、懐中電灯があると、便利なんだがなあ」

と思った。

そう高いものではなし、二つか三つ買って各部屋に置いておこうと思ってから、はたと気がついた。

懐中電灯で懐中電灯を探すことはないのである。あれは、ひとつあれば沢山《たくさん》なのだ。

私はどうしてこんな簡単なことが判らないのだろう。

子供の時分、私は通信簿の「性質」というところに、たしか明朗活発と書かれていたような気がする。格別陰気な人間でもなさそうだから、多分当っていると思うが、もし一言で言うとすれば、軽率、オッチョコチョイというほうが当っていたのではないだろうか。

兎《と》にかく、世の中にはひとつで済むものと、二つ以上あったほうが便利なものがあることは事実である。

交番の前で、二、三人のお巡りさんに小突かれている若い男を見たことがある。

男は声高《こわだか》に何か言い、お巡りさんたちを振り払って逃げようとしたので、騒ぎは更に大きくなり、人垣が出来た。すぐそばに赤いスポーツカーがとまっている。

どうやら、交番の目の前で派手にタイヤをきしませてUターンをし、制止しようとしたお巡りさんを振り切って猛スピードで逃走しようとしてご用になったらしい。

不貞《ふて》くされたように交番へ引き立てられてゆく若い男を、お巡りさんたちは、小さくだが何度も小突き廻していた。

そのとき私は、ふっと、全く脈絡もなくだが、不祥事件を起した警察官のことを考えた。

酔っぱらって轢《ひ》き逃げをしたり、ひとのうちへ上り込んで乱暴したり、ごくたまではあるけれど、こういう事件がある。

警察官も人の子である。神様ではないのだから、こういう間違いもあり得る。それは仕方がないと思うのだが、私が気になるのは、こういう場合の、同僚の警察官たちの態度である。

やはり一般人と同じように、小突くべきときには小突くのだろうか。

昔と違って、「おいこら」式の高飛車《たかびしや》な警察官はいないらしい。私が見た交通違反の若い男は、明らかに悪質であり、まあ公平にみてあのくらい小突かれても仕方がないな、と思ったが、万一、同僚の、同じ制服の警察官であったら、心持ち、手の力は弱まっていたのではないだろうか。

制服の警察官が、制服の警察官を引き立ててゆくのを見たことがないから、想像で言っているのだが、そこに同じ仲間という意識が働いて、ほんの微量だが手加減ということはないのだろうか。

「いや、かえって綱紀粛正《こうきしゆくせい》のため、容赦《ようしや》なくやっております」

とおっしゃるかも知れないが、武士の情け、という部分のほうが多いような気がしてならない。

こういうのを助け合い運動などというと、まじめに世のため人のため尽しておられるかたにお叱りを受けそうだが、私は、つむじか臍《へそ》が曲っているらしく、すぐこういう場合を考えてしまう。


いまうちには、懐中電灯が三つ、老眼鏡が四つある。

これだけあれば大丈夫である。

いかにだらしがなくても、ひとつぐらいは懐中電灯も見つかるだろう。

老眼鏡を踏んでしまい、足のケガに赤チンをつけるためにもうひとつの老眼鏡を探す破目になっても、あと三つあるのだから、いかに私が整理整頓が悪くても何とかなるに違いない。

その点に関しては心豊かに暮している。

そういえば、子供の時分、こんなことがあった。

井戸端《いどばた》で、足かなにか洗っていたときに、石けんを土の上に落してしまった。取ろうとしたのだが、濡れていたのでなかなか取れず、石けんの表面に泥がつき、砂の粒がめり込んでしまった。

あとをキチンとして置かないと叱られると思い、私は石けんを洗うために石けんを探した。

勿論《もちろん》石けんをキレイにするには、その石けんを使えばいいとすぐ判り、ひとりで笑ってしまったのだが。

傷だらけの茄子《なす》

台風接近のニュースを聞くと、私はどうしても、あのことを思い出してしまう。

子供の頃、すぐ裏に内科の医院があった。そこに一匹の猿が飼われていた。小さな猿だったが、とても利口《りこう》で、朝、新聞配達がくると、足音を聞きつけて一番先に飛び出してひったくり、眠っている主人の枕もとに置いたという。

その猿が、台風のさなか、嵐の音に野生にかえったのか、鎖を千切《ちぎ》って逃げ出し、屋根に上って叫び声を上げていた。

台風が去ったあと、風に叩きつけられたのか、屋根瓦に足を滑らせたのか、冷たくなった小さななきがらが転がっていたというのである。

私はその猿を見たことはなかった。見たことはないのに、屋根につかまって、濡れた毛を逆立て吠《ほ》える小さな猿を見たような気がしてならない。

台風がくるというと、昔はどうしてあんなに張り切ったのであろう。

夕方あたりからくる、夜半すぎにくる、というと、掃除当番もそこそこに、運動場で遊んだりしないでまっすぐにうちに帰った。三人五人と同じ方角へ帰る友達と、風に逆らうようにして、ふざけながら急ぎ足で帰ったときの気持のたかぶりは、友達のお河童《かっぱ》のサラサラした髪の毛が、天に向ってそそり立つようになり、セーラー服のひだのスカートが、パアッと上へまくれ上った形と一緒に、いまも目に浮んでくる。

うちへ帰ると、祖母や母も、気負い込んで、小走りに台所から廊下を行ったりきたりしていた。

「ご飯はどのくらい仕掛けたら、いいかしらねえ。おばあちゃん」

「とりあえずひと釜で大丈夫じゃないかねえ」

早いところ炊き上げ、おかずもつくって、台風がこない前に、かまどの火を引いてしまいたいのである。

「暗い中でも持ち出せるように、学校の道具をランドセルにつめて置きなさいよ」

といわれて、子供たちは、子供部屋に入って教科書を出したり入れたりしている。

そこへ父が帰ってくる。

横なぐりの雨で、レインコートの肩のあたりはぐっしょりと濡れ、折り返したズボンの裾から、細くて青白い脛《すね》が出ているのがおかしいのだが、こんなとき笑ったりしたらどんな目に逢うかみんな判っているから、なるべく切羽《せっぱ》つまったような顔をして、玄関に一列にならび、

「お帰ンなさい」

と合唱する。

「台風がくるというのに、そんなとこにのんびり並んでいるんじゃない！」

どなりながら、せかせかと茶の間に入ってゆく。出迎えなければ出迎えないで、

「子供たちはどうした。台風ぐらいでそわそわするな」

どっちにしても怒るのである。

「晩のおかずはなんだ。火を使うものはよせ。鮭カンと牛肉の大和煮があったろ。あれ、切りなさい」

廊下でうろついていたのが、耳ざとく聞きつけ、子供部屋に伝令が飛ぶ。

「晩のおかずはカン詰だってよ」

「ウワァ！」

歓声が上る。

日頃、カン詰は無精《ぶしょう》たらしいおかずとして絶対に食卓にのぼらない。滅多《めった》に食べさせてもらえないと思うせいか、子供はみなカン詰が大好物で、時に、鮭カンの骨のところ

は、奪い合いをするほどである。

祖母が、長い木の柄のついた、今から考えると実に古風なカン切りで、三つ四つのカン詰をあける。

その頃になると、風も雨も強さを増し、早々に雨戸をしめたのに、どこからすき間風が入るのかガラス戸が鳴り、電灯も揺れ、ときどき暗くなってまたたいたりする。

「懐中電灯の電池は大丈夫だな」

いつもは二本のお銚子を一本に控えた父が、釣にゆくときの、おととしの背広にニッカーボッカーという土建屋スタイルで母にたずねている。

台所では、祖母が私たちの食べ残したご飯をお結びにしている。廊下や納戸が雨漏りしている。洗面器を出したりして、またひとしきりうち中が騒々しい。

こういう日、お風呂は危いのでお休みである。うちは用心深かったのかどうか、台風が来そうな夜は、パジャマに着替えず、靴下だけ脱いで寝かされた。

枕もとにランドセルと、着替えの風呂敷包みを置くか置かないかというときに停電してしまう。

懐中電灯で照らしてもらって、ご不浄にゆき、風と雨の音を聞きながら眠るのは、子供心にも、不思議なたかぶりがあった。

兄弟げんかも、夫婦げんかも、母と祖母のちょっとした気まずさも、台風の夜だけは、休戦になった。一家をあげて固まっていた。そこが、なんだかひどく嬉しかった。父も母も、みな生き生きしていた。

朝、目が覚めると、台風は嘘みたいにどこかへ行っていた。

いつの間にか、私たちは、パジャマを着ていた。夜中に、「さあ、台風がそれた」というので、着替えをさせられたのであろうが、全く覚えがなかった。

子供というのは、どうして、夜はあんなに眠かったのだろう。「寝る子は育つ」というから、育つためによく眠っていたのかも知れない。


くるくる、と思って張り切っていた台風がそれるくらいつまらないことはなかった。

「よかったよかった」

と親たちはよろこび合い、祖母と母は昨夜沢山《たくさん》炊き過ぎたお結びを食べたりしていたが、子供はみんなつまらなそうにしていた。

いざというときのために、玄関に揃えておいた長靴を仕舞いながら、

「チェッ、つまんないの」

というところがあった。

大人だって、すこしは、なんだ、という拍子抜けを感じているに違いないのに、それはちょっとした口振りやしぐさに出ているのに、そんなことは、少しも見せないのが、

すこし憎らしかった。

父は雨どいにつまった落葉をかき出している。高箒《たかぼうき》を逆手にかまえて、馴れない庭仕事に息を切らしている父の頭の上に、抜けるような青空があった。赤とんぼも、こういうときによく見かけた。台風の次の晩は、気のせいか虫の声も、ひときわ大きく美しく聞えた。

そして、次の日は、八百屋の店先に、雨に叩かれ、倒れ、地に這《は》ってそうなったのであろう、傷だらけの茄子《なす》や胡瓜《きゆうり》がひと山いくらの安売りで欠けた皿やザルにのせられならぶのである。

「××さんのとこは子沢山《こだくさん》だから、まあ三皿も買っていったよ」

台所で、母の割烹着《かつぽうぎ》の袖を引きながら祖母がこう話した声は、四十年も昔のことなのに、まだ耳の底に残っている。

浮気

駅の売店で週刊誌を買う。

一冊はあったがお目あてのもう一冊が品切れになっている。仕方がないので本屋でその一冊を買うわけだが、そういう場合、買ったものをむき出しで抱えているといろいろと気を遣ってしまう。

これはお宅の店のものではないのよ、前のところで買ったものなのよ、というところを店員に認めてもらわなくてはならない。ハッキリいえば万引と間違えられないようにしなくてはならない。

まだ読んでもいない週刊誌をぐるぐる丸めたり、入口の店員さんの前でわざと見せびらかすようにしてから店に入る。

残りの一冊を買うときも、

「あの、これ、駅で買ったの。すみません」
などと、言わなくてもいい詫びを言ったりしている。万々一、万引と間違えられたときの用心に、どこかの一ページぐらいの見出しだけでも覚えておき、すでにいくらか読んでいることを証明するようにしようかしら、と気を廻したりしている。勇ましがっているが、気の小さい小者だなあ、この分では先ゆき大したことはないなあと、わが前途が見えてきて暗澹《あんたん》としたりするのである。

私は日常のものは、住居のすぐ裏手の小ぢんまりしたスーパーで整えることにしている。スーパーといっても、ついこの間まで八百屋だった店だが、品物がいいのと店の人たちに実《じつ》があって、二日に一回は顔を出す。

ところが、五分ほど離れたところに有名大スーパーがあり、ときどきはそこで買物をする。買物ついでに、いつもは近くの小ぢんまりのほうで買う大根や葱《ねぎ》も一緒に有名のほうで買ってしまうことがある。

有名の紙袋を提げたときは、小ぢんまりの前を通らないように心掛けているのだが、ぼんやりしていると頭と足は別々とみえて、小ぢんまりの前を歩いている。

間の悪いもので、そういうときに限って、小ぢんまりの主人が店のおもてで空箱を片づけたりしている。

「いい陽気になりましたですねえ」

とお言葉を賜《たまわ》ったりする。

私は新宿御苑の園遊会で天皇陛下にお言葉を賜ったときのように（お招きを受けたこともないから判らないけれど）ハッと一声、棒立ちになり、口のなかでわけのわからないご挨拶を呟《つぶや》いて、いつもより深い角度でお辞儀をする。浮気をしたときの気持はきっとこんなものかも知れないな、と経験のない野暮天《やぼてん》は、こんなところでちょっと判ったりするのだ。

これだけならまだ罪は軽いのだが、ときどき有名の袋を提げて小ぢんまりに入ることがある。三つ葉や生姜《しょうが》を買い忘れたときである。

有名のほうで、三千円だか四千円を買い、小ぢんまりのほうは百円か百二十円のものしか買わない。申しわけなさに身を縮めることもあるし、どこで買おうと客の自由じゃないか、卑屈になることはないんだと、チクリと痛い分だけわざと平気を装ったりする。浮気をして帰った人間が、うしろめたい分だけカラ威張りをする気持がすこし判るのもこんなときである。

大根か葱ならまだいいのだが、これが美容院となると、もうすこし重たいものがある。

別に嫌になったわけではない。髪を整えなくてはならない日に行きつけの美容院が休みだったので、別の店でやってもらったら、我ながら感じが変って悪くない。

次もそこへゆき、気がつくと、自然に馴染《なじ》みの店からは足が遠のいてしまう。

私はこの三十年ばかり、ほとんど髪型も変えない横着者だが、それでも三年に一度、五年に一度はこういうことがある。

新しい店に移り、髪を整えてからおもてへ出たとたん、古い店の私の係だったひとにバッタリ逢ったことがある。

彼女は、あらと立ちどまった。

「お元気そうでよかった」

すこし不自然にみえる明るい笑い方だった。

「このところ、旅行が多いもんだから」

私のほうもつとめて明るく笑いながら、

「近いうち伺います」

またしても気の弱さが顔を出すのである。

新しい店に通うようになって三年ほどたった。気の張る会合があり、せめて髪ぐらいはキチンとしようと思って美容院へ出かけると、これが従業員慰労の旅行とかで休みである。

三年ぶりで古い美容院へ入った。

敷居が高いというのはこれかと思った。どことなく気恥かしく、いじけている。

店内も何回か改装したとみえ、モダンになっている。おぼつかない手つきで洗髪をしたり、ピンを手渡したりしていた見習いが、いっぱしの姉さん株になっている。洗髪台に体をのばして、髪を洗ってもらっていると、オドオドした気持が少しずつ溶けてくる。三年前の係の人が、

「前と同じでいいですか」

といいながら、髪をさわる。久しぶりにうちに帰ったような、安らかな気分になる。それでいて、新しい店の係の人に済まないなとチクリと痛いものもある。長い間浮気していた夫が、二号さんのところから本妻のところへもどったときはこんなものかな、と考えながら目をつぶっている。

自分のうちに犬や猫を飼っているのに、よその犬猫をなでたり可愛がったりする。

一生面倒をみてやる責任がないせいか、気楽である。面白いし可愛い。うちのよかずっといいなと思い、連れて帰ろうかしら、と思ったりするが、勿論《もちろん》それは気まぐれで、おなかや耳のうしろを掻《か》いてやり、よろこんでじゃれたりやわらかく甘噛《あまが》みされたりしていい気分になるだけで別れる。五分もするとその楽しさは忘れてうちへ帰るわけだが、よその犬猫をひどく可愛がったあとは、出迎えるうちの猫にちょっと済まない気持にな

り、好物の煮干しをいつもより二、三匹多くやったりしてしまう。

人生到るところ浮気ありという気がする。

女が、デパートで、買うつもりもあまりない洋服を試着してみるのも一種の浮気である。

インスタント・ラーメンや洗剤の銘柄を替えるのも浮気である。テレビのチャンネルをひねると、ＣＭというかたちで主婦に浮気をすすめている。

こういう小さな浮気をすることで、女は自分でも気がつかない毎日の暮しの憂さばらしをしている。ミニサイズの浮気である。このおかげで大きい本ものの浮気をしないで済む数は案外に多いのではないだろうか。

無敵艦隊

傘が嫌いなので、すこしぐらいの雨だと濡れて歩く。大降りになると駆け出すのだが、このことで前から疑問に思っていることがある。

歩くのと走るのと、どっちが濡れないのだろう。

仮に一メートルの間に百粒の雨滴が当るとする。この場合、歩くときの倍のスピードで走ると、私に当る雨滴は、五十粒になるのだろうか。それとも二百粒になるのだろうか。或いは、歩いても走っても変らないのだろうか。

自慢にはならないが、私は物理や数学は全く駄目な人間なので、こういう問題はいくら考えても判らないのである。

私は性急《せっかち》な上に極めて身勝手なところがあって、気がせくときに前を歩く人がのそのそしていると、非常に腹を立てる癖がある。

くたびれた中年の女が、こめかみに癇癪《かんしゃく》すじを立て、奥歯を噛みながら苛々《いらいら》して足踏みしているのは、どう考えても見よい図ではないので、遠廻りと判っていても、なるべく混まない道を選び、上半身を四十五度に傾け、つんのめって歩いている。

気がせく場合、絶対に通らないようにしている道がある。お花やお茶を習っているひとたちが、大体において中年以上の主婦が多いのだが、団体でお帰りになるお道筋である。

五人六人が道幅いっぱいにひろがって楽しそうにおしゃべりをしながら、極めてゆっくりお歩きになる。なかには、羨《うらやま》しいようなほっそりしたかたもおいでになるが、おいしいものをたっぷり食べ、暮しの心配もないのであろう、天平《てんぴょう》美人のようにふっくらとした立派な体格のかたも多い。ただでさえ幅をとるのに、皆さん大きな花の包みを抱えていらっしゃる。

私は何度か、この集団のあとになってしまい、何とかして追い越そうと頑張ったが駄目であった。

表通りへ出るまでのたかだか百メートルほどの道である。急いで歩いたところでものの一分と違うまいと思いながらも、やはり、敵《かな》わないなあという気がしてしまう。昔、歴史で習った「無敵艦隊」ということばが、ひょいと浮んだりするのである。

昼の混雑が終った時分に、古くからやっている老舗《しにせ》の鰻《うなぎ》屋で、鰻丼をたのんで待っている、というのはなかなかいいものである。

七十を大分過ぎた品のいい老夫婦が、ゆっくりと入ってくる。値段表を見て、また上ったなあ、という風に少し考えて、相談したりして、ご主人は鰻重、奥様は鰻丼をたのんでいるのを見ると、おなかの具合でそうされたにしろ、利子や年金などで暮す人にとってこの物価高は大変だろうなあと思えてくる。

いたわり合うさまは、偕老同穴《かいろうどうけつ》を目のあたりに見る思いで、羨しい半分感動半分で拝見していると、奥様のほうが、テーブルに出ている爪楊子《つまようじ》をひとつかみ、バッグの中に仕舞われた。その手つきの上品にして素早いことといったらない。

これは別のときだったが、この店で、ひとりの老紳士が、このかたもぼつぼつ七十に手が届くというお年格好だったが、店員となにやら揉《も》めていた。

鰻丼を注文したのだが、鰻とごはんを別々に持ってきてくれ、といっている。

「一緒というのが好かんのだ」

お運びのお姐《ねえ》さんは、

「鰻丼は、鰻とごはんが一緒ということになっていますので、別がいいというんでしたら、鰻重にしていただけると」

多少、言いにくそうに説明するのだが、一向にお聞き入れがない。

「そんな必要はないんだよ。鰻丼の鰻を皿にのっけてくりゃいいんだ。こんな簡単なことがどうして出来ないんだ」

お姐さんは、奥へ入って、板場へ聞きにゆき、もどってきた。

「やっぱり、鰻丼は鰻丼、鰻重は鰻重ということになってますんで」

板前さんたちも、意地になっていたのだろう、返事もそういうことであった。

「これだけの店を張ってて皿一枚洗う手間が惜しいのか。どうしても、出来ないというんなら、新聞に投書をするがそれでもいいか」

そこへおかみらしい人が出てきて、小腰をかがめて不調法を詫び、おっしゃる通りにいたしましょうで、この一幕はチョンになった。

このあたりで私は出てきたのだが、こういう騒ぎのあと食べても、鰻は鰻の味がするのだろうか。おいしい、と思って咽喉《のど》を通るものだろうか。こういう人にも勝てないな、と思った。


マンションを買ったが、寸法を計り直し、はなしが違う、壁をこわして拡げるぞといってきかない人がいたというはなしを聞いたことがある。

アパートというのは、壁の芯《しん》のところまでの面積である。たしかに実際の部屋は登録や図面の広さよりせまくなるが、その人は高い金を払ったのにおかしいじゃないか、といって納得せず、壁をこわして芯のところまで部屋をひろげると頑張ったというのである。

私は感心してしまった。

隣り合った両方のうちでそれをやったら、壁の厚さはゼロになってしまうわけである。数学オンチの私でも、それくらいの理屈は判る。

私にこのはなしを教えてくれた不動産業のベテラン氏はこの人を、やはりお年寄りだったそうだが、説得するのに三日かかりました、と笑って、

「こういう人には勝てませんなあ」

と、やはり感嘆する口ぶりであった。

盛り場を歩いていると、どこかでベルが鳴っている。

はじめはなにごとかと思ってびっくりしたが、それはある洋品店の看板代りだと判った。

大分前からやっているのだが、これも私には不思議で仕方がない。

一軒だけだからいいが、もし、ならんだ百軒の店が、うちもうちも、とやり出したらどういうことになるのだろう。

この店は、なかなか新鮮なデザインのものを置いてあり若い人に人気のある店である。私も年甲斐《としがい》もなく二つ三つ求めて着たことがあるが、このベルの音だけは、すこしひっかかるものがある。

ところで、雨滴ならぬ無敵艦隊だが、スペインのフェリペ二世の艦隊で、天下無敵を誇っていた、ということは知っていたが、字引を引いたところ、無敵艦隊も負けていたのである。

総数百三十艘《そう》、乗組員二万八千が、英仏海峡でイギリス海軍に敗れ、船も人も半数に減って故国に逃げ帰ったとある。

こんどの選挙でも、厚かましい無敵艦隊の出馬がちらほら目につくが、歴史のひそみにならって負けて下さればいいなと願っている。

女地図

はじめての店へゆくために電話で場所をたしかめることがある。

大体においてスナックやバーは、電話の応対も手短かで、場所の教え方も要領がいい。反対に手間がかかるのは和風の、それも料亭である。

座談会などの会場に指定された店に電話をかけ、中年以上の女性が電話口にお出になると、私は万事休す、という気持になる。

「青山からタクシーで参りますけど、簡単な道順を教えていただけませんか」

「タクシーねえ。大きいとこのタクシーだと知ってる運転手さんもかなりいるけどねえ」

「でも、念のため——豊川稲荷のあたりですか」

「そうそう。豊川稲荷、左へ曲って」

「左ですか。右だと思ってたけど」

「え？　あら、右？　あたし、逆の方から通ってるもんだから、間違えちまったわ」

ハハハハと楽しそうにお笑いになる。

「右曲るでしょ。そいでねえ」

「角はなんですか。虎屋ですか」

「そうじゃなくてええと。なんてったらいいかなあ」

「区役所ですか」

「でもないわねえ。教えにくいとこなのよ」

ええとね、と言いかけた相手は急に、え？　とスッ頓狂《とんきよう》な声を出す。

「下から？　そうお、下からねえ。あ、そうか」

誰かに、別な道を習っているらしい。

「あのねえ、下からきた方が判りやすいって」

「下からって言いますと」

「だからね、坂の下」

「なんて坂ですか」

「ちょっとオ、あの坂名前あったっけ？」

「その坂はどういくんですか」

「だから、ぐるっと廻って」

「どこ廻るんですか」

申しわけありませんが、どなたか車の運転をする男のかたに替っていただけませんかとお願いすると、急にご機嫌の悪い声になり、

「男のほうがいいんだってさ」

私は男好きにされてしまうのである。

電話ではなく、じかに地図を書いて教えてもらう場合は大丈夫だろうと思うと、女同士の場合はこれが大間違いである。

まず、私が先に紙に大きな道を書く。

「これが青山通りでしょ。そっちが渋谷で」

言いかけると、

「そうすると、こっちが赤坂見附？」

不服そうな顔になる。

「違うわよ。反対よオ。あたし、渋谷はこっちだな」

「え？　そうすると、あなた、東京タワーはどっちの方向？」

あたしはこっち。二人とも立ち上って緑のオバサンが、たがい違いになったように片

手を上げると、これが全く向きが違っている。

それでも自分の言い張った方向にこだわるので、どっちが正しいと言い合っていても仕方がない。私の方が折れ、からだをSの字にくねらせて、地図を見ながら、気持のなかで、自分の信じている地図にひそかに書き改めたりしているのだから、場所ひとつ教わるのも大騒動なのである。


女は地図が苦手である。

書くのも、つまり教えるのも下手だし、習うのもうまくない。人のことは言えない。私なども、他人《ひと》さまに地図を書いていて、一枚の紙では書き切れなくなり、裏に廻ったり、もう一枚もってきて継ぎ足しになったりしてしまう。随分苦心して丁寧に書いたつもりでも、

「もっと大きい通りだと思ってたら、細い路地じゃないの」

「地図でみると、随分遠いみたいだからどんどん歩いていったら行き過ぎてしまったよ」

と苦情をいわれたりする。

遠近、大小の観念に欠けるところがあるらしい。地図を書くのに一番必要な客観性がないのであろう。

近所の目標になる建物、と聞いても、すぐに答えられないのは女である。

「あることはあるんだけど、何てビルだっけ」

となってしまうのである。

「自分ちのほうからなら教えられるんだけどなあ」

と言われたこともある。

「白い大きい建物」

といわれて、そのつもりで探したら、つい二、三日前にうす緑色に塗りかえられていたこともあった。

「ずうっと歩くと」

「いい加減ゆくと」

「成金趣味の凄《すご》く感じの悪い家があるからそこ曲って、その辺で誰かに聞いてくれない」

というのを聞いていると、女は山登りや探検家には向いていないな、と思ってしまう。何とかいう高い山にのぼったりヨットで太平洋を横断したりという女性もないではないが、これは稀有《けう》の存在であろう。

地図というのは、抽象画である。

毎日自分が歩いている通りや商店街を別な目で見る作業である。

どこそこの八百屋はトマトはいいけどレタスは駄目だとか、あそこのスーパーはほかは駄目だけど、トイレット・ペーパー関係は勉強してるわよ、などという日常性を断ち切って、大通りは大きく、小さい店は小さく、正確に、省略とデフォルメを利《き》かしてまとめあげる作業である。

地図には感情がこめられない。

そこの角にはすぐ吠える嫌な犬がいるとか、そこの角の店であたしは水っぽい西瓜《すいか》を買わされたのよ、などという恨みは出してはいけないのである。

そうなると、女は急に威勢が悪くなり、とりとめがなくなってしまう。

だから、女に地図は聞かないでくださいと言いかけて、私は少し間違っていることに気がついた。

私が言う地図音痴は、戦前の教育を受けた女たちである。

此《こ》の頃の若い女性たちは、必ずしもそうではない。手紙の文面などはお上手とは言いかねるが、地図はうまい人が多い。

いろいろな色の鉛筆を使い、イラスト入りで、絵のようなしゃれた字で、かなり正確に、そして面白い地図の描ける女性が増えてきた。

いいことだなと思いながら、私は少し不安でもある。

女が地図を書けないということは、女は戦争が出来ないということである。

敵陣の所在も判らず、自分がいまどこにいるかもおぼつかないのだから、ミサイルどころか、守るも攻めるも、出来はしない。

そのへんが平和のもとだと思っていたのだが、地図の描ける女が増えてくると安心していられないのである。

新聞紙

新聞とひとくちに言うが、私の場合大まかに言うと三つに分けている。

配達されて、まだ読んでいない新聞。ざっと目は通したけれど、ラジオやテレビ欄は夜になっても見ることがあるから、すぐ手の伸ばせるところに置いておかなくちゃ、というときの新聞。これはまさしくシンブンである。

これが日付けがかわると、新聞紙になる。この場合の紙はシと呼んでいただきたい。

更にシが古くなって、三日から一週間たつと、新聞紙、がシンブンガミになってしまう。

他人様《ひとさま》のことは知らないが、私はこういう区分けで新聞を差別している。

部屋が散らかって仕方がない。

生来の片づけ下手もあるが、新聞がたまるのも理由のひとつだと気がついた。勧誘にみえるかたを追い返すのが気の毒なのと、断ってねばられるより取るほうがラクなので、気がついたら十一紙にもなっていた。読めもしないスチューデント・タイムスもまじっているのだから、我ながらおかしくなってしまう。

新聞というのは、一紙だけしか取っていないほうが丁寧に読むものである。大事件があったとき、各紙の見出しをくらべるのが好きで、自ら見出し評論家と称しているが、中身のほうは数をたのんで斜め読みである。

今様《いまよう》に、人と添うなら深く契りて添いとげよ、というのがあったような気がするが、新聞も同じである。朝日なら朝日、毎日なら毎日。決めたら浮気をしないで通すほうがいい。男も、いや人と新聞は同じで、どれをとってもそんなに変らないのではないか。数だけ多く、読み散らしていると、不純異性交遊をしているようで気がひける。

包装紙やティッシュペーパーが発達普及して、新聞ガミの出番が減ってしまったが、ひと昔前まで、新聞ガミほど便利なものはなかった。

玉子焼をやくときのフライパンを拭いたのも新聞ガミだったし、弁当箱を包んだのも、新聞ガミであった。

お習字なんぞも、いきなり白い半紙に書くなどもってのほかで、うちではまず新聞紙に書かされた。

どういうわけか、新聞に書くと字がうまくなったように見えるが、白い半紙に書くと急に下手クソにみえた。

洋裁のときの型紙。焼芋や油揚を包んでもらうのも、新聞紙だった。子供の時分、母の鏡台の抽斗《ひきだし》に新聞紙を切ったものが入っていた。髪にコテをあてるのだが、コテの焼き加減をまず新聞をはさんでみて試すのである。シューという音ともいえない微かな音がしてうすい煙があがり、焦げ臭い匂いがただよう。新聞に狐色の細長いあとがつくのを、いつも眺めていた。


雨の日雪の日には、新聞ガミが活躍をする。丸めて靴の中に入れ、湿りけをとるのである。いまは道路も舗装がゆき届き、よほどの大雨でもない限り濡れた靴でみえる客は滅多《めった》にないが、昔は、雨が降ったら道は泥んこ、雪でも降ったらお汁粉である。それでなくても、霜どけの道はぬかって、年末年始にみえる客の靴は、いつも湿っていたような気がする。

湿った靴に新聞をつめるのは小学生だった私の役目である。

新聞の日付けをしらべて、なるべく古いのから使わなくてはならない。ご真影ののっているのを使って、父に小突かれたことがあるので、天皇皇后、皇太子、内親王殿下あたりまでは、気をつけないといけない。

あまりギュウギュウにつめ過ぎず、かといって爪先まで詰まっていないと湿りけはとれない。やさしそうにみえて気骨《きぼね》の折れる仕事である。

このとき、靴にもさまざまなはき癖がつくということを覚えた。

玄関にならんだ五足なり七足の靴に新聞をつめ終り、手を洗って、今度は母の手伝いで座敷にお銚子などを運んでゆく。

チラリと客の顔を見て、あの横にひろがった外股のひどい靴は、あの赤い顔をして笑っているかたかしら、などと見当をつけ、お見送りのときにそれをたしかめる楽しみを知ったのもこの頃である。


鼻をかんだり、ねじって焚きつけにしたり、落し紙にしたり、古新聞の運命はさまざまだが、一番長生きできるのは、畳の下に敷かれる新聞であろう。

大掃除のたのしみは、畳をあげた下の古い新聞を読むことである。

「この忙しいのに、なにしてるの。そんなに読みたいのなら、それみんなあんたにあげるから、大掃除が終ってからゆっくり読みなさい」

母に叱られるのだが、これは終ってから自分の部屋で読んだところで、少しも面白いとは思えない。

やはりあれは、タオルで鼻のあたりをおおいながら、お尻をおっ立て、親の目を気にしいしい目を走らせるからいいのである。

畳と畳の隙間《すきま》にゴミがたまっていたり、ノミ取り粉のへんな匂いがして、むせたりしながら、あわただしく読むところにスリルがあったのだ。

マンション暮しになり、畳のない住まいになって、畳を叩く大掃除をしなくなった。楽にもなったが、あの古新聞を読む楽しみも一緒に失くしてしまったのがさびしい。


タブロイド判の新聞というのが発行されたことがあった。

あれは、紙がなかったせいだろうか。判が小さいのである。

なんだかさびしかった。

今から考えると、タブロイド判の頃は不自由なさったかたが多かったのではないだろうか。

あの大きさでは、顔をかくしづらいからである。

夕方、電車にのっていたら、前の席で夕刊をひろげていたひとが、中年の男だったが、いきなり顔をかくすようにした。

のり込んできたホステス風の美女に顔を見られると都合が悪いらしかった。

そういえば、我が家でも、父は宿酔《ふつかよ》いで気分の悪い朝など、新聞で顔をかくすようにして坐っていた。

日頃、説教を垂れている手前、赤イワシのような目玉を、子供たちに見られたくなかったのであろう。

新聞は、父親の権威を守る働きもあったのである。

布施

私のすぐ前を、酔っぱらいが歌を歌いながら歩いてゆく。

「土佐の高知の播磨《はりま》屋《や》橋で
坊さん簪《かんざし》買うを見た」

後姿と声の具合では、五十年輩のサラリーマンらしい。

せっかちなたちなので、私は先へゆきたいのだが、

「ヨサコイ　ヨサコイ」

いい機嫌で歌いながら、右へ左へ蛇行しているのを追い抜くのも悪いと思い、うしろからゆっくりと歩いていった。

酔っぱらいは、また「土佐の高知の」と同じところを繰り返している。聞いているうちに、ふと私は坊さんが何か買っている光景を見たことがなかったことに気がついた。

簪どころか、煙草を買うのも見たことがない。本を買うのも、靴を買うのも（坊さんが靴というのはおかしい、とお思いであろうが、近頃の坊さんは、お彼岸ともなると、スクーターに打ちまたがり、袈裟《けさ》や衣をひるがえしながら檀家から檀家をかけ廻っておいでになる）見たことがないし、そば屋へ入っておそばを食べているのも拝見したことがない。

運が悪くて、私だけが見ていないのであろうか。坊さんで私が拝見するのは、お布施を受取るときだけなのである。

身内にお寺さんがいないので、くわしいことは知らないのだが、お布施というのは渡すのもむつかしいし、受取るのもかなり技術というか年期のいるものではないかと思う。まず、供養をお頼みする前に、かなり生臭い相談がある。つまりお経料の金額を決めなくてはならない。此《こ》の頃ではお寺さんもコンクリート造りになり、境内で英語塾をひらいたり、マンション経営までなさるすすんだかたもおいでになるというが、いかに経営の合理化がすすんだからといって、お経料の請求書というのは、まだ聞いたことがないから、こちらで適当に決めさせていただくのである。

「これくらいでいいんじゃないかねえ」

誰かが体のかげで、何本か指を出す。うむ、と居合せた一同は、まず唸っておいて、まわりの人間の反応をたしかめる。

お経料というのは、親の供養の場合は大抵兄弟が出し合うということが多いので、下手に口を切ると、いろいろ差し障りがある。

「一回きり、っていうんなら、それもいいけどねえ」

「あと四十九日、一周忌、三年、七年――」

「はじめに、なにするると、あとが大変なんじゃないの」

「それじゃ、こんなもの？」

親戚一同、このときだけはヤッチャ場のセリ人みたいになって、やたらに指を出し合う。

やっと金額が決って、それぞれの分担額も決り、ゴソゴソと財布を出しかけたところで、

「ちょっと待ちなさいよ」

用心深いのがダメ押しをする。

「住職さんなら、それでいいけどさ、息子さんのほうだと、なあ」

「ああ、この間までGパンはいてギター弾いてたあれか」

「幅持たせて――顔見てからにしたほうがいいわ」

亡き人を心からいたみながらも、このような一幕があるのである。

坊さんには、字のうまいかた、はなし上手なかたが多いが、美声の持主が多いことも、ほかの職業にない特徴であろう。お経をよむ声がそのまま荘厳ミサ曲というような、深い声の持主もおいでになる。

そうかと思うと、あまりに美声で、発声のほうも本式のベル・カント唱法で、枕経よりも歌劇「カルメン」のドン・ホセをおやりになったほうがいいのではないかというかたもおいでになる。

声と共に長短も問題になる。

ゴーンと鐘がなり、やれ嬉しや、やっと終ったかと、しびれた足をさすっていると、またはじまって、ぐったりすることもある。

「あれ、もうおしまいなの」

と拍子抜けするほどあっさりしている場合もある。

あれは、どういうきまりになっているのであろうか。

こちらがあれこれ相談してお布施をきめるように、お寺さんのほうも、なんやかや考えて、お経の軽重長短について、セットを組まれるのであろう。

とにかく、お経が終り、お斎《とき》を差し上げる。

般若湯《はんにゃとう》を一献《いっこん》差し上げ、あとは折詰めにして、お持ち帰りをいただくこともある。

さて、それからである。

「ありがとうございました」

仏さまにお取り次ぎ下さいませ、という感じに一同頭を下げ、受取るほうも、

「あ、どうも」

さっきの朗々たる美声とは別のお人のごとき、発音不明瞭の低いくぐもり声で、お預りしましょうという感じで、さらりと衣の下にお納めになる。

あとは一同、玄関までお見送り、という段取りなのだが、いつも私は気を揉んでしまう。

万一、うっかりして出し忘れたりするうちがあったら、どうなさるのであろう。

もじもじと立ちそびれて、長居をしたり、

「ええと、言いにくいんですが、例のもの……」

下世話《げせわ》に手刀《てがたな》など切ったりは、やはりなさらないであろうか。

それと、お持ち帰りになったお布施は、いつ、誰があけるのだろう。

角力《すもう》の横綱が、支度部屋に帰り、若い力士の為にぽいと賞金をほうり出す。ああいう風に、納所《なつしよ》さんにお渡しになるのだろうか。

納所さん、つまり経理をなさる坊さんのいるお寺ばかりではないだろうから、奥さんや住職さんがじきじきに開ける場合もおありになる。

風邪気味なのに頑張ったが、なんだ、これぐらいか、と思うことはないのだろうか。帰る途中、中を改めたくてたまらなくなり、あたりに人気《ひとけ》のないのを幸い——というお気持にはならないのであろうか。

ちょっとご不浄を拝借して、サラリーマンがボーナスの額をたしかめるように、なかでひそかに、などとバチ当りな想像をしてしまうのだが。

そういえば、小学校時代、級友で神社の娘がいた。神社といっても町なかの、極めて小ぢんまりしたものであった。私は、いつもそのうちへ遊びにゆくたびに賽銭箱《さいせんばこ》をのぞきながら、一度でいいから、このうちの人たちが賽銭箱をあけて中のものを取り出すところを見たいものだと思ったが、あれは夜中にでもするのであろうか、到頭一度も見たことはなかった。

引き算

親戚の男の子が遊びに来た。

彼はまだ三歳だが、近頃の子供に桃太郎や浦島太郎は通用しないらしい。かといって怪獣ごっこは声もかれるし、あとで体の節々が痛くなったりする。

少しは子供の親にも賞められる遊びをしようと思い、数字を教えることにした。

まず、紙に大きく1《イチ》と書いた。

「知ってる?」

と聞くと、彼は人の顔を見上げて、当り前という風に大きくうなずいた。答は、

「エヌエチケ（NHK）」

であった。

近頃の子供は、テレビのチャンネルで数を覚えるらしい。

私は、ケンパという遊びではじめて数字というのを実感した。

子供の遊びの名称は地方によって違うらしい。私のいうケンパは、東京を起点にあちこち転居しているので、どこの地方のことばかよく判らないのだが、路上にまず丸をひとつ描く。これが一である。その上に丸を二つ、これが私のなかの二である。次に丸をひとつ、その上に二つと描いてゆく。

跳ぶときは、ケン、と最初の丸に片足を入れ、パッで次の二つの丸の中に開く。ケン、パ、ケン、パと跳んでゆき、終りのパで、くるりと向きを変える。

そのせいか、いまでも十というと、パッと跳んで、くるっと向きを変える気分になってしまう。

そして、十から先は、路上に丸がなかったせいか、いくら考えても、数のイメージは見えないのである。

小学校一年の時分から、算術が苦手であった。

小学校三年のときに大病をして、分数の基本を教わる時期に、一年の大半を休学したことも手伝い、あとは教室でひとりだけ取り残されているという感じであった。

過分数というのが、どうしても分からなかった。頭でっかちで、生意気な、いやな奴という印象があり、見るからに好きになれなかった。

うちの父は、努力家だったせいか、暗算が得意だった。

「暗算なんか算盤《そろばん》がなくたって、障子さえありゃ出来る」

と言い、障子をにらんで、「さあ、よし」という。私たちに二桁《ふたけた》の数字をかなり早口に言わせて、足し算をピタリとあてた。どうやら、障子の桟を頭のなかで、五つ珠の算盤に見立《みた》てているらしかった。

私は強いて言えば足し算は嫌いでなかった。

どんどん増えてゆく、というのはいい気分である。どんどん足していって、かなり大きな数字になる。そこで、そこまでとなり、

「ご破算に願いましては」

とバラしてしまうのが惜しいような気がした。折角《せっかく》ためたお小遣いを取り上げられるようでつまらなかった。

そのせいであろう、引き算が嫌いであった。

当り前のはなしだが、どんどん減ってゆく。

なんだか寂しい気分になる。

「これがお金だったら、あたしなら、この辺でもう費《つか》わないな」

先生は、平気な顔で読み上げているが、引くのを止めたくなってくる。

引き算で嫌いなのは、「隣りから借りてくる」というあの言い方やり方である。人間が小さいせいか私は借金が出来ないタチである。どんなに苦しくても隣りからなど借りないで、自分の力だけで分相応に暮したいと思っているので、その言葉だけで引っかかってしまう。

「あたしなら借りないな」

暗算の読み上げ算の最中に頭のなかでチラリとそんなことを考えたりするものだから、計算のほうがおろそかになるのは当り前で、結果は当ったためしがなかった。

零コンマ、という数字も好きになれなかった。

どうも頭のなかで、数字と温度をごちゃまぜにしてしまったらしい。0というと、私のイメージのなかで、薄く氷の張った水面が出てくる。

〇・一というと、張った氷のすぐ下である。〇・三は、三十センチほど下である。なんだか息が苦しくなってくる。

〇・五は、更にその二十センチほど下である。もう助からないな、と思うと息はますます苦しい。

こんなことを考えているので、零コンマいくつ、というのが出てくると、氷の張った湖の底へ沈んでゆくような気がして、気が滅入《めい》ってしまい、溜息をついたりして、どうにも頭がまとまらなかった。

サングラスを掛けることが出来ない。

ひとつは、目が丈夫なので、日光が強くても平気なこともある。スキー場などでも、よほど天気がよくなければ、サングラスはなしで過せた。次の朝、ちょっと目がかゆく、目脂《めやに》が出るくらいで、別にどうということもなかった。

もうひとつは、鼻が低く、しかも鼻梁《びりよう》というものがハッキリしない構造なので、眼鏡がずり落ちてくるからだ。

本を読みながら大暴れするわけもないので、読書用の老眼鏡なら、まあ大丈夫なのだが、サングラスはうちのなかでかけるわけではない。歩いたり走ったりする。どうしても落ちてくる。

せめてずり落ちを防ぎたいと思ったのか、私は奥歯を嚙みしめ頑張ったらしい。半日もしたら、耳の下、つまりエラのところが凝ってしまった。

サングラスでもうひとつくたびれるのは、物の色と明るさの具合が判らないことである。

空の色もどんよりしているし、木の緑もドス暗くみえる。人の顔も病み上りのようにくろずんでいる。

だがこれは、本物の色ではないのだ。

私のかけているサングラスの、うすいグリーンがかった墨の色の分、その黒さ暗さの分だけ差し引いて考えないといけないのだ、と絶えず自分に言い聞かせなくてはならない。つまり色や明暗を引き算しなくてはいけない。

ときどき不安になって、サングラスを上げては、本ものの色や明るさをたしかめる。

「これが正しい色なんだ。それがサングラスをかけるとこうなるんだな。よく覚えておかなくちゃ」

サングラスをおでこに上げたりまたおろしたり、せわしないことおびただしい。

サングラスをかけると、目尻の皺《しわ》がかくれるせいか、キリッとして少しは器量が上ってみえる。利口《りこう》そうに見える、と言ってくださったかたもいる。徹夜あけのショボ目のときなど具合がいい。

かけたいなと思い、二つ三つ持っているのだが、引き算が苦手なので、持って出はするもののほとんど掛けたことがないのである。

少年

バンコックでタイ人の家に一週間ほど厄介になったことがあった。

あるじは定年で退《ひ》いたが、かなりの要職にあった官吏で、邸もかなりの広さがあった。使用人の数も多かった。別棟に家族ぐるみで住んでいたが、運転手にも三人の奥さんがいるというのだから(同居はしていないらしいが)私は肝《きも》をつぶしてしまった。

使用人のなかに少年がひとりいた。

十歳ぐらいの小柄な子である。

うちは農家だが父親が勝負ごとが好きで働かない。お決りの子沢山《こだくさん》ということもあり、口減らしの奉公に出されたらしい。

十二年前のことだが、いまでもそんなことがあるのねえ、と私は溜息をついたが、このうちの令息は、

「別に珍しいことではありませんよ。ごく最近までサンデー・マーケット（日曜ごとに王宮前で開かれる青空市場）で赤んぼうが売り買いされていたといいますよ」

こともなげに言っていた。

彼は、食べさせてもらい小学校へ通わせてもらうことを条件に二年前にこのうちに来たというのだが、見ていて可哀そうになるくらいよく働いた。

つぎはぎだらけのダブダブの半ズボンひとつの姿で、日がな一日使いはしりや子守りをしていた。

三つぐらいのお嬢さんの乳母車を押し、我がままを聞き、頭を叩かれても表情も変えなかった。

夜中に用を言いつかることもあるらしく、彼だけは別棟の使用人の住まいではなく、邸のほうに寝起きしていた。

といっても、彼の部屋があるわけではなかった。

台所と洗面所の間の廊下の突きあたりのところに、麻袋のようなものが三、四枚、くしゃくしゃに丸めて置かれてあった。

これが、少年の部屋でありベッドであった。

麻袋の下に、本らしいものが一冊見えた。これが、彼の教科書であり全財産らしい。

それでも、彼は恵まれているほうらしかった。この家の人たちは、ゆとりのあるせいもあろうが、みな情に厚い人たちで、小学校だけは出なくては、と朝登校をしぶる少年を、学校に追いやったりしていた。

夜、ご不浄に起きたときのぞいたら、少年は小さな動物のように丸くなり、麻袋にくるまって眠っていた。

あれは、バンコックを発つ前の晩ではなかったろうか。

あけがた、かすかな地響きがするので目を覚ました。ドスンドスンという音がする。地震のない国と聞いていたが、どうしたことかと思い、窓の外をのぞくと、ようやく明るくなりはじめた庭の隅で、少年が、木を蹴っていた。

自分の胴廻りほどの木に向って、飛び蹴り、廻し蹴りを繰り返した。そんなにムキにならなくたっていいじゃないかと言いたくなるほど、彼は執拗《しつよう》に繰り返した。どういうわけか、彼は汗をかいていなかった。目だけが、黒いビー玉みたいに光っていた。

怠け者の父親、働き者の母親、別れ別れで暮すきょうだい達。我がままな主人の娘。廊下の隅の麻袋のベッド。木を蹴りつづける彼の小さな足にはこういうものすべてがこめられているように思えた。

膝行《しっこう》して朝のお茶を運んできた少年は（タイの古い躾《しつけ》のいいうちの使用人は、主人の部屋に入ると絶対に立ち上らないという。今はどうか知らないが）またいつものなんの表情もない静かな顔をしていた。

同じ旅先で出逢ったせいか、もうひとりの少年のことも忘れられない。

カンボジアの遺跡アンコール・ワットのホテルで逢った十歳ぐらいの白人の少年に、どこから来たの、と聞くと、

「イスラエル」

だという。

ああ、イスラエルと私が言った途端、少年は強い声で、

「ノウ！」

と叫んだ。

イスラエルではない、イズラエルだと、ズを強調し、ラエルのところを巻舌で何度もやってみせた。

私が真似をすると、口の中をのぞき込むようにしてたしかめ、

「ノウ！」

と繰り返す。

彼は小肥りのせいか、舌も鸚鵡《おうむ》の舌のようにコロッとしているのだが、それを口の中で複雑に巻いてみせ、納得がゆくまで私にやり直させた。

自分の国の名前を、間違って発音されてなるものか、といった勢いがあった。

少し離れたロビーのソファに、彼の両親らしい小肥りの中年夫婦の姿があった。

「知らない人に対して失礼ですよ。いい加減にしなさい」

と言うかなと思ったが、彼等は黙ってこちらを見ているだけであった。

少年とは、次の日、プノンペンへ飛ぶシェムリアップの飛行場でまた顔を合せた。

少年は、人なつこい笑顔をみせて走り寄ってきて、お土産に買ってもらった木彫りのナイフを私にみせてくれた。ふざけて、私の胸を突く真似をする。私は白目を出して死んだ真似をした。

彼は大喜びで、何度も私に白目を出させたが、ふと思いついたらしく、私にイスラエルと言ってみろ、と言い出した。

「イズラエル」

かなり気を遣って発音したつもりだが先生のお気には召さなかった。

前の日と同じように、そこでも私は何度もやり直しさせられた。

彼の両親は、すぐそばのベンチで私と息子のやりとりを聞いていた。

くどいな、しつこいなと思うほど、私はイスラエル、と繰り返し発音練習をやらされたが、このときも両親はなにもいわなかった。

搭乗《とうじよう》アナウンスがあって、両親は立ち上った。少年は、私に手を振り、もう一度ハッ

キリと口をあけて、

「イズラエル！」

と叫ぶと、両親のほうへ走っていった。

少年の頭を、父親がなでている。

「よくやったぞ、お前」

といっているように見えた。

旅は面白いが危険である。

偶然目に入った風景や人物で、その国を判断してはいけない、そう戒めているのだが、タイといい、イスラエルというと、この少年の姿が浮んできて、すこし困っている。

丁半

気が遠くなるほど昔のはなしだが、うちの父は麻雀《マージャン》に凝ったことがある。

凝るとなると毎日しなくては納まらないたちだったから、相手の見つからない日は家族が犠牲になった。

夕食が終って、子供はそれぞれの勉強部屋へ引き上げる。ものの十分もたたないうちに、障子の向うから、母の低い声がする。

「済まないけど、お父さんが麻雀したいらしいから、相手をして上げて頂戴《ちょうだい》よ」

食事の途中から、予想はしていたが、子供にも都合がある。

「明日は試験だから、勘弁してよ」

これが通用しない。

「授業中になにを聞いてるんだ。うちへ帰ってまで勉強しなくちゃ試験が受からないような馬鹿は学校へなんか行かなくてもいい」

私たちにジカに言いはしないが、母にそう言っているらしい。

「四人も子供がいるからいけないのよ。二人ぐらいなら、お父さんがいくら頑張ったって、麻雀出来ないんだもの」

「今さらそんなこと言ったって、仕方ないだろ。済まないけど、頼むわよ」

母は一人一人勧誘に歩き、私とあと二人が茶の間へシブシブ下りてくる。

夕刊を読んでいた父は、はじめて気がついた、という顔で、

「なんだお前たち。また麻雀したいのか。しようのない奴らだな。今からこういうこと覚えると、大きくなってロクなことにならないぞ」

仕方がない、つき合ってやる、といった風にパイをならべ出す。

日頃は口叱言《くちこごと》が多いのに、麻雀のときだけは私たちにお世辞をつかい、母にりんごをむけの、紅茶をいれろのと子供の機嫌をとっていた。

それでも間に合わないと思ったのか、父は何か賭けようじゃないかと言い出した。賭けるといっても子供が相手だから、お菓子や果物である。

一等は玉チョコやみかんを三個、二等は二個、三等は一個、ビリはなしである。

ところが、ビリになった末の妹が、当時小学生だったが、一個も貰えなかったので、ベソをかいて、自分の部屋へ引っ込んでしまった。

突然、母が怒り出した。

「お父さん、何てことするんですか。一番小さい子が負けるの、当り前じゃありませんか。親のくせにどうしてそんな不公平なことするんですか。こういうことなら、もう一切、うちで麻雀するのはやめて頂きますから」

普段は父にどなられても口返答《くちごたえ》ひとつしない母なので、父はひどくびっくりしたらしい。

私は少しヘンだなと思った。

勝負ごと、賭けごとは、はじめから不公平に決っている。

だが母は、一歩も譲らず、私たちは分け前を供出させられ、改めて等分に分けて与えられた。


父は賭けごとが嫌いでなかった。

だが母は、一切勝負ごとをしなかった。

「私は判らないから」

と言ってはじめから手をふれようとしなかった。主婦が麻雀を覚えると、うちの用が滞《とどこお》ると思ったのかも知れない。

だがもうひとつ、母は賭けごとをしなくてもよかったのではないかと思う。

麻雀やトランプをしなくても、母にとっては、毎日が小さな博打《ばくち》だったのではないか。

見合い結婚。

海のものとも山のものとも判らない男と一緒に暮す。その男の子供を生む。

その男の母親に仕え、その人の死に水をとる。

どれを取っても、大博打である。


今は五分五分かも知れないが、昔の女は肩をならべる男次第で、女の一生が定まってしまった。

まして、その子供を生むとなると、まさに丁半である。

男か女か。

出来は、いいのか悪いのか。

「よろしゅうござんすか。よろしゅうござんすね」

ツボ振りは左右をねめ廻して声をかけるが、女は自分のおなかがサイコロでありツボである。

ましてこの勝負、イカサマは出来ないのだ。

こんな大勝負は一生に何遍もないが、女は、毎日小さく博打をしている。

早いはなしが、毎日の買物である。

鯵《あじ》にしようか鰯《いわし》にしようか。

鳥にしようか豚にしようか。

バーゲン・セールで素早く目玉商品を探しあて、人ごみをかきわけて自分のほうへ手《た》繰《ぐ》り寄せなくてはいけない。

「今晩は早く帰る」

うちでメシを食うぞ、と亭主は出かけていったが、どうも帰りは遅いような気がする。こういうとき、張り切ってお刺身など買うと勿体《もったい》ないから、おでんで安く上げておこう。

駅前に出来たクリーニング屋は、サービスがよさそうだから、いまの店を上手《うま》くやめて、あっちへ移そうか。クリーニングといえば、天気予報は、ここ当分はお天気が続くでしょうと言っていたから、一枚しかない亭主のレインコートを、今のうちにドライに出して置こう。

息子がヘンな女の子とつき合ってるらしい。夫に言わなくちゃいけないけど、夫の方も、会社の嫁《ゆ》き遅れのOLと少しモヤモヤしているような気がするから、あてこすりと思われるとマズイかしら。

いや、かえって、サラリと切り出した方が、そっちの方にも効くかも知れない。

丁か半か。

女は毎日小さく賭け、目に見えないサイコロを振っているような気がする。

賭けごとに夢中で、麻雀や競馬に血道《ちみち》を上げている男性に、一身上の大変化が起きることがある。

事業の浮き沈み。転職、エトセトラ。

こういうとき、大抵のひとは賭けごとから遠ざかる。或いは内輪になる。前ほど目を血走らせて、朝帰りということをしなくなる。

その時期は、自分の事業そのものが博打なのであろう。

「ステイード」や「カツラノハイセイコ」の代りに、自分が出走しているのである。

だから、一国の首相や大統領は、麻雀や競馬をしなくても退屈しないで済むのではないかしら。

マリリン・モンロー

テレビドラマは絶対に見ないという人に逢った。七十を幾つか出た紳士である。劇はスジがあるからややこしい。ちょっと居眠りをしているとはなしがこんがらかるから嫌だというのだが、最大の理由は、同じ場面を一度しか見られないことらしい。

そこへゆくとCMはいい。気に入った場面は、半日もテレビの前に坐って、カシャカシャとまめにチャンネルを廻していると、二度や三度はお目にかかれる。

このかたの目下のお気に入りは、女の子が海辺でGパンを脱ぐ場面だという。

「プクッとよう肥えとるのが、誰か見とる者はおらんかな、とキョロキョロッと右左をうかがってから、さっとズボンをおろすやろ。下にはいとるビキニも一緒に脱げやせんかと、見るたんび、ドキッとする、あそこがええ」

とおっしゃる。

老紳士は、あの女の子が昨今テレビに登場する女の子にしては珍しい安産型のところも気に入っているらしい。

もうひとつある、といって、いきなり、

「マエハウーミ」

といささか調子外れの声で歌い出された。

私も聞いたことがある。

「前は海、うしろはなんとかかんとか、大漁エン」

とかいうCMソングで、画面は浜辺に網が上ったところという設定で、ズラリとならんだ漁師姿の子供たちが歌っているのだが、中央の七つ八つの女の子が、生きている鰹《かつお》かなんかを持たされている。その魚が躍り上るので、離すまいとして実にいい顔をする。私も好きな画面のひとつだが、この老紳士は、一日一回見ないとスウッとしないという気に入りようである。

その女の子が色っぽいという。

「大きゅうなったら、モンロやなあ」

紋絽《もんろ》と聞えたが、これはモンローの意味であろう。因《ちな》みに紋絽は紋織のある絽のことで、昔の女の夏のよそゆきだった。

私は子供の時分、母が濃紺の紋絽の着物を着て、白地に夏草を描いた帯を締め、白いパラソルをさして出かける姿を見ると、自分の親ながらちょっといいな、と思っていた。
勿論《もちろん》、私めの母親だから、モンローとは月とスッポン、ほんの「ヒネキュー」である。ヒネキューというのは、父がつけたあだ名で、ひねたキューピーの略称なのである。

私は二十代のほとんどを映画雑誌の編集部で働いて過した。役得で随分沢山《たくさん》の映画も無料《ただ》で見せていただいたし、外国のスターの顔も拝んだが、ただひとつ心残りなのは、マリリン・モンローを見なかったことである。

エヴァ・ガードナーに握手を賜《たま》わって、ひんやりと冷たい骨細な手にびっくりしたり、記者会見に遅刻しそうになり、全力疾走で駆けだした廊下の曲り角のところで、出逢いがしらにぶつかった大男がウィリアム・ホールデンだったという思いもしているのに、モンローだけは、ご縁がなかった。

記者会見には出かけたのである。

カメラマンと一緒に会場へ出かけたのだが、あまりの混雑とモンロー嬢の大遅刻に、気分が悪くなって帰ってきてしまったのである。

モンローは、ジョー・ディマジオと結婚した直後で、新婚旅行をかねた来日であった。広い会場は国電のラッシュなみ、立錐《りっすい》の余地もない。そこへもってきて、五分おき、十分おきに、入口のほうでどよめきが起る。

「来たぞ！　来た！」

という声が上る。

カメラマン達は先を争って前へ雪崩《なだ》れを打ち、気の早いのはフラッシュをたいたりする。実物を見るべく私はピョンピョン飛び上ったり、机の上にとび乗ったりするのだが、いっかな本物はあらわれず、

「もう少しお待ち下さい」

といってお辞儀する映画会社の宣伝部員氏の姿だけであった。

「いま風呂に入っているらしい」

「ディマジオが嫉妬して出さないというんで揉《も》めてるそうだ」

というデマも飛びかい、いやもう大変な騒ぎである。

もともと低血圧のところへもってきて、人いきれも手伝って、私は頭痛で気分が悪くなってきた。モンローがあらわれたとたん、うしろのほうで、チビの日本の女の子が脳貧血でひっくりかえったりしたら、それこそ漫画である。

人を待たせるにも程があると、中《ちゅう》っ腹《ぱら》にもなっていた。カメラマンによく見といてね、と頼んで帰って来たのだが、モンロー嬢は私と入れ違いにあらわれたそうだ。

どうも私は親ゆずりの性急《せっかち》で、もう一息の我慢が出来ず、女の幸せを逃してしまう。モンローを見るのが女の幸せというのはおかしいようだが、私は今でも千載一遇《せんざいいちぐう》のチャ

ンスを逃したという気持でいる。

ケネディ大統領の誕生パーティの席上で、モンローがお祝いの歌を歌うテレビを見た記憶がある。

民主党主催だったのだろうか、かなり大仰なお祭り騒ぎだったが、モンローは呼び出されて壇上にすすんだ。

胸を大きくあけたドレスで、いかにもきまり悪そうに、

「ハッピー・バースデイ・トゥ・ユー」

と歌い出した。

それは歌というより呟くというほうが正しかった。モンローの歌はお世辞にもうまいとはいえないが、その夜は、アガっていたのか、音程も頼りなく、いかにも危っかしく聞えた。

「大丈夫かな」

会場の人たち全部、恐らく男も女もそう思ったに違いない。子供の学芸会を見守る親の心境といったら近いだろうか。

モンローは、もう一度、頼りなく同じ歌詞を繰り返した。それから、すこし、声を張り、すこし感情をこめて、

「ハッピー・バースデイ・ミスター・プレジデント」とつづけ、

「ハッピー・バースデイ・トゥ・ユー」

最後は、情感をこめ、みごとに歌い上げたのである。息をつめて見守っていた会場の拍手は、大統領の演説より大きかった。

かげの演出者がいたとしたら、その人は天才だと思った。モンロー自身、少し足りない女というキャラクターを売り物にしていたが、なかなかどうして、切れる女《ひと》だと改めて、気がついた。

そういえば私が編集の仕事をしていた間、かなり沢山のモンローのポートレートやスナップを見たが、利口《りこう》そうな顔に撮っているのは、一枚も見たことがなかった。これもかげの演出家がいて、イメージを損《そこな》うものは事前にチェックしたのかも知れないが、ともかく、モンローが死んだとき、馬鹿な女の時代、馬鹿をよそおう利口な女の時代は終ったなあという気がした。

斬る

二百年か三百年前に生れていたら、どんなだったろうと考えることがある。

電気もガスも水道もない。時計も冷蔵庫もラジオもない。夜は暗く、おもてを歩くときは提灯がいる。私なんぞはどう転んでもせいぜい町方の嫁《ゆ》かず後家というところだから、へたに夜出歩いたりすると追いはぎや辻斬りに逢いそうである。

なにより恐いのは、武士が威張っていたことと、腰に大小を差して歩いていたことである。

テレビドラマを書いて十年になるが、時代劇は数えるほどしか手掛けていない。

物知らずな上に横着者ときているから、約束ごとのない現代物のほうが恥を掻かなくていいのである。

それでも、おだてにのって「清水次郎長」などというのを何本か書いたことがある。現代劇から、電気製品と新幹線を引いたぐらいの知識しかないのですが、それでもいいですかとお伺いをたてたら、結構です、自由に書いてみてください、というので仲間に入れていただいたのである。

「石松、ドアをあけておもてへ出る」

というト書を書いて、物笑いになったりしながら、それこそけつまろびつ、先輩方の真似をして書いていた。

書き上ると、必ずプロデューサーからお叱言《こごと》である。

殺陣《たて》がすくないという。

それらしい場面はあっても、当て身をくらわせる、であったり、峰打ちであったりして、叩っ斬るとか、バッサリ殺《や》る、斬って斬って斬りまくる、という場面はほとんどない。

ト書で数えてみたら、死者三、四人ということがあって、

「やくざものや捕物帳は、もっと派手に殺してもらわないと、撮るほうも見るほうもつまらないんですよ」

素人はこれだから困る、と言わんばかりの口振りであった。

私は恐縮して、死者三、四人を、思い切って増やし、十名ほどに書き改めたのだが、

出来上ったものを画面で見たら、私の書いた三倍ほどのやくざや捕吏がお亡くなりになっていた。

「人を斬るときは、こいつにも母親や女房子供がいると思って斬れ」

こういう意味のことを言ったのは、たしか沢正《さわしょう》こと沢田正二郎である。

私は、有名なこの人の殺陣は見たことはないが、さぞや凄味《すごみ》があったに違いない。

大根や人参《にんじん》を切るように斬るのではないのだ。

相手も、俺と同じ「人」である。親兄弟がいて、惚れた女がいて、どんなことがあっても死にたくないと思っている人間だと思ったら、斬るときの刀の重みと心の痛みも違ったものになる。

それでも斬らないと、こっちが斬られるから、斬るのである。

寝覚めが悪くて、十人も二十人も殺せないわ、と言ったら、時代劇のベテラン・プロデューサーは、こう教えてくれた。

「三人四人を斬るから、何のなにがしと名前もつけねばならず、本ものくさくなって残酷なのです。三十人五十人叩っ斬れば、これは殺陣で約束ごとです。様式です。後生《ごしょう》が悪いと思うなら、思い切ってうんと殺すことですな」

時代劇を見ていて、一番心が痛むのはやくざの三ン下や下級役人が殺される場面である。

悪玉の親分についたばっかりに、虫けらのように叩っ斬られてしまう。

「御用御用！」

御用提灯と十手を振りかざして、主役の大スターに飛びかかり、ぶざまに殺られて薪《まき》ざっぽうのように地面に転がっている。

この人たちに何の罪があるというのだろう。

生活のために十手を預り、ゆきがかり上、悪玉のほうについてしまう破目になっただけの話である。

殺されて、あとに残った身内はどうして暮しを立ててゆくのだろう。悪い親分の一味が全滅して、めでたしめでたしはいいけれど、これでは補償金というか退職金も出ず、死に損ということになるのではないかと、気になって仕方がないのである。

死屍《しし》累々《るいるい》という場面を見ると、このあとの始末はどうするのか、こういう場合、葬式は誰が出すのか、費用は、などと余計な気をもんで、心底たのしめないのだから、損な性分である。

こういう人間にとって一番の救いは、死骸になってひっくり返っている連中が、はげしい殺陣に息がはずんでいるのであろう、詰めていた息がフウッと洩《も》れてしまったり、お腹のあたりが、荒い呼吸に合せて波打っているのを発見することである。

こういう場面を、きびしいディレクターは、ミスとして撮り直したりするらしいが、どうかそのままにしておいていただきたい。

ああよかった。本当に死んだわけじゃないんだ。あれであの人たちは、一万円だか一万三千円のギャラをもらって帰るんだわ、と安心する気の弱い観客もいるのである。

私が刀をこわがるのは、二十何年か前に、夜道で刃物を突きつけられておどかされたせいかも知れない。

このときは、私も若く逃げ足が早かったこともあり、当方の被害はゼロであったが、どうもその夜の恐ろしさが、脳味噌のどこかにしがみついていて、時代劇を書くときにヒョイとあらわれるような気がする。

では刃物はみんな恐いのかといえば、包丁は平気なのである。台所という決められた場所でなら、どんなに切れる出刃でも刺身包丁でも、切れれば切れるほど気持よく使うことが出来る。

夜道で刃物というのが、一番おっかない。

それにしても、昔の人はこわくなかったのだろうか。

人斬り包丁を腰に差した男たちが、うろうろしていたのである。よくまあ平気でスレ違ったり出来たものだわねえと言ったら、現代のほうがもっとおっかないじゃありませんかと言い返された。

そういえば、現代は、四角い鉄の車に「無礼者、そこへ直れ！」の声もなく、斬って捨てられる時代なのである。

知った顔

おもてで肉親と出逢ってしまうことがある。

道を歩いていると、向うのほうから親きょうだいが歩いてくる。こういうとき、私はどういうわけか、大変にあわて、へどもどして居心地の悪いことになってしまう。あ、と虚心に手をあげることは滅多にない。大抵は、気づいたことを相手に悟られないよう、なるべく知らん顔をする。

スレ違う直前になって、いま気がついた、という風に、すこし無愛想な声をかける。どうやら向うも同じ気持とみえる。幸い、いまの都会は人通りも多く、道にも看板やらポストやら、バイクやらが置かれてあり、何もない一本道を、こちらからも一人、向うからも一人、逃げもかくれも出来ない状態で近づいてゆく、ということは、まず無いので、その点はかなり助かる。

これがＯＫ牧場の決闘ではないが、ほかになにもなかったら、そんなところで肉親が近づいてきたら、私はどうしていいか顔に困ってしまうだろう。

十代の頃、地方へ出張に出掛ける父のカバン持ちをして、駅まで見送りに行かされたことがあった。

カバンといったところで、三、四日分の着替えである。大の男なら、片手で軽いのだが、父は決して自分でカバンを持たなかった。自分は薄べったい書類カバンを持ち、どんどん先に歩いてゆく。

母か私、ときには弟が、うしろからカバンを持ってお供につくのである。今では考えられない風景だが、戦前の私のうちでは、さほど不思議とも思わず、月に一度や二度はそうやっていた。母に言わせると、お父さんは、威張っているくせにさびしがりだから、持っていって上げて頂戴《ちょうだい》よ、という。

持ってゆくのはいいとして、何とも具合の悪いのはプラットフォームで汽車が出るまで待っているときであった。

父は座席に坐ると、フォームに立っている私には目もくれず、経済雑誌をひらいて読みふける。読みふけるフリをする。

はじめの頃、私はどうしていいか判らず、父の座席のガラス窓のところにぼんやり立っていた。

父は、雑誌から顔を上げると、手を上げて、シッシッと、声は立てないが、ニワトリを追っぱらうようなしぐさをした。

もういいから帰れ、という合図と思い、私は帰ってきた。

ところが、出張から帰った父は、ことのほかご機嫌ななめで、母にこう言ったというのである。

「邦子は女の子のくせに薄情な奴だな。俺が帰ってもいい、といったら、さっさと帰りやがった」

そんなに居てもらいたいのなら、ニワトリみたいに人を追い立てることはないじゃないかと思ったが、口返答《くちごたえ》など思いもよらないので黙っていた。

その次、出張のお供を言いつかったときは、私は父の窓からすこし離れたフォームの柱のかげで、そっぽを向いて立っていた。父も、ムッとした顔で、経済雑誌を読みふけっていた。

発車のベルが鳴った。

父はますます怒ったような顔になり、私のほうを見た。

「なんだ、お前、まだそんなところにいたのか」

という顔である。

私も、ブスッとして父のほうを見た。戦前のことだから勿論《もちろん》手などは振らない。ただ、ちょっと見るだけである。現在、ホームドラマの一シーンとして、この場面を描いたら、この父と娘はなにか確執があると思われるに違いない。

夕方になって雨が降り出すと、傘を持って駅まで父を迎えにゆかされた。今と違って駅前タクシーなど無い時代で、改札口には、傘を抱えた奥さんや子供が、帰ってくる人を待って立っていた。

父に傘を渡し、うしろからくっついて帰ってくる。父は、受取るとき、

「お」

というだけである。

ご苦労さんも、なにもなかった。帰り道も世間ばなしひとつするでなく、さっさと足早に歩いていた。

あれは、たしか夏の晩だった。

父の帰ってくる時間に、物凄《ものすご》い夕立がきた。私は傘を持って駅へ急いだ。早くゆかないと間に合わない。うちの父は性急《せつかち》で、迎えがくると判っていても待たずに歩き出す性分である。当時、うちは東横線祐天寺駅のそばだったが、いつもの通り、近道になっている小さな森の中の道を小走りに歩いた。

街灯もないので、鼻をつままれても判らない真暗闇である。

向う側から、七、八人の人の足音がする。帰宅を急ぐサラリーマンに違いない。もしかしたら、この中に父がいるかも知れない。しかし、すれ違っても、顔も見えないのである。仕方がない。私はスレ違うたびに、

「向田敏雄」「向田敏雄」

父の名前を呟いた。

「馬鹿！」

いきなりどなられた。

「歩きながら、おやじの名前を宣伝して歩く奴があるか」

父は傘をひったくると、いつものように先に歩き出した。

あとで母は、

「お父さん、ほめてたわよ」

という。あいつはなかなか気転《きてん》の利《き》く奴だ、といって、おかしそうに笑っていたという。

ついこの間、お風呂から上って体を拭いていたら、電話が鳴った。

ひとり暮しの心易《こころやす》さで、そのまま居間にゆき、受話器をとった。

友人からの電話である。絨緞《じゅうたん》の上に坐って、近況をしゃべりながら、私は、ハッと体を固くした。

すぐ足許から、知った顔が私を見ている。

倉本聰《そう》氏である。

「週刊文春」の裏表紙に、白いアイヌ犬の山口をしたがえ、河原に坐りこんで、こっちを見ている氏の写真がのっている。ご存知カゴメトマトジュースのＣＭである。

私はあわてて、タオルで体をかくし、電話のうけ答えはうわのそらになってしまった。

倉本氏のＣＭには、

「こだわる。怒る。感動する」

というキャッチフレーズがついている。

私の場合は、

「こだわる。驚く。あわてる」

であった。

知った顔がＣＭに登場すると、まことに不幸不便である。出来たら、裏表紙には出ないでね、とこんど正式に倉本氏に申し入れるつもりでいる。

小判イタダキ

「箸《はし》取らば天地御代《あめつちみよ》のおん恵み」

ご飯を食べる前にこう唱えさせられた時期があった。

戦争末期のことだと思う。

「撃ちてし止《や》まん」などのスローガンと一緒に流行《はや》ったものなのか、そういうことの好きなうちの父がどこかで覚えてきて子供たちに実行させたのかその辺ははっきりしないのだが、子供たちがこれを言わないで食べようとすると、

「箸取らば、はどうした」

と叱られた。

御大家さまでもないのに、うちは挨拶のやかましいうちで、パイパイ、マンマの次は「いただきます」と「ご馳走さま」を教えたのではないかと思うほどであった。

食前の挨拶も「いただきます」だけでは足りず、晩酌の長い父が、ご飯がまだの場合は、必ず、

「お先にいただきます」

と言わされた。

ご飯に限らず、お風呂でも新聞でも父より先の場合は、必ず「お先に」と言わないと叱られたのである。

そのせいか、私は何かというと「お先に」という癖がついてしまった。食堂で見知らぬ人と相席になる。私のところに注文した品がきて、先に箸をとるときも私は気がつくと「お先に」と挨拶している。相席の客が年輩の場合は、会釈《えしやく》を返してくださるが、十代や二十代の人だと、ヘンな顔をしてじろりと見られたりすることもある。

そういえば、いつぞや映画館のご不浄で順番待ちの行列をしたことがあった。やっと私の番が来たとき、ついいつもの癖で、すぐうしろで、細かく体を震わせていた十七、八の女の子を振り向き、

「お先に」

と言ってしまった。

そのとき、女の子は私を押しのけるようにして、ご不浄に飛び込んでしまった。

何ということであろう。私はお先に失礼します、と言ったので、お先にどうぞと言っ

たのではないのだ。「お先に」という挨拶も通じなくなったのか、この分では今に日本は潰《つぶ》れるぞ、といつもの癖で腹を立てたのだが、彼女のあとにご不浄に入り、心を静めて考えたら、そうではないことに気がついた。

彼女は判っていたのである。判っていたが、切羽《せっぱ》つまっていたのだ。背に腹は替えられなかったのである。

「いただきます」や「お先に」は、恐らく一生つきまとう挨拶であろうが、それにくらべると「箸取らば」のほうは命が短かった。

「箸取らば」と言いたくても、代用食の水っぽいさつまいも、農林一号のふかしたのや、目玉のうつりそうな薄いすいとん、南瓜《かぼちゃ》の茎のまじった唐もろこし粉のパンでは、箸は必要なかった。

「天地御代のおん恵み」は、もう無くなっていた。

負けが込んできて、飛行機もタマも乏しくなった頃に「撃ちてし止まん」といわされたように、事態は掲げたスローガンとは反対のことが多い。

歩行者天国などという言葉がつくられるのは、日頃歩行者地獄だからであろう。「箸取らば」の頃、私はたしか十四歳か十五歳だった。それまでは考えたことのなかった食べる、ということを考えた覚えがある。今までは、父親のもらってくる給料を母がやりくりして私たちは食べていた。だが、戦争、食糧不足という事態が起きてみると、一個人がどうバタバタしてみても駄目なのだということが判った。なにか巨大なものの下に集まって、上を向いて待っている、という感じがあった。

小判イタダキという魚に、なみなみならぬ関心を持ったことがある。

小判イタダキというのは、鮫《さめ》の体の下にピタリと吸いついて、大きな魚の餌のおこぼれを頂戴《ちょうだい》して生きている小さな鮫である。

小判イタダキは、いつ頃どういう経路で自分のスポンサーをみつけ吸いつくのであろうか。

鮫にも気前のいいのと、ケチなのとがいるに違いない。そう思って見るせいか鮫というのは、みるからに陰険な目つきをしているが、それは人間の目つきを規準にするからで、鮫の規準でいえば、人のいい垂れ目の鮫もいるかも知れない。

目はしが利《き》き、生活力があって気前のいいのに吸いついた小判イタダキは幸せだが、そうでない場合はいつも悲しい思いをするに違いない。ほんのひと口、残してくれればいいのに、わざとガツガツ食べてしまって、自分をアテにしている小さい魚のことなど眼中になかった場合、小判イタダキは、途中で見切りをつけて別の鮫に乗り替えるということが出来るのだろうか。

Aという鮫にくっついている小判イタダキと、Bという鮫にくっついている小判イタダキが恋をした場合、二匹はどういう運命をたどるのであろうか。メスの方のくっついているスポンサーのほうが、稼ぎがよくお余りが多い場合、オスはメスの廻りをうろうろしてヒモになるのだろうか。

あい引きをしている最中に、スポンサーのほうが遠くに泳いでいってしまい、はぐれてしまうということはないのだろうか。

最近になって、小判イタダキは小判鮫ともいい、必ずしもほかの魚に吸いついているわけではなく、ひとりで泳いで餌をとることもあるということを知った。食べれば食べられるが、あまりおいしくはないそうである。

テレビのニュースのなかで、会社訪問の学生たちが、会社側の、恐らく人事課長あたりであろう人と、一問一答をするところが出て来た。

みな真剣であった。覗き見するのが申しわけなくなるほど必死な目をしていた。若々しくて、いい顔をしていた。

人は親や環境を選んで生れてくることは出来ない。どうにか自分で選べるのは就職と配偶者である。

会社訪問の面接は、男にとって人生のお見合いなのであろう。

これから一生、吸いついて泳いでゆく鮫を選んでいるのである。

大きくて気働きがあって、運が強くて気前のいい鮫を選んでいるのだ。

うちの父も一生を小判イタダキとして生きた人である。小判イタダキの子である私も、二十代の九年間は小判イタダキだった。いまは一匹でどうにか泳いでいる。久しぶりで昔の、入社試験を受けた頃のことを、あの不安と期待の一瞬を思い出してテレビをみていた。

写すひと

今まで見たなかで一番哀れな動物園は——というと、いかにも世界中の動物園を知っているようだが、せいぜい片手ぐらいしか見ていないのである。それで大きなことを書いてはいけないのだが、そう言いたくなるほど、あの動物園はお粗末であった。

十三年ばかり前の、タイ国はチェンマイの動物園である。

動物の名前を書いた名札だけは一人前に立っているが、ご本尊のいないのが随分あった。

目玉商品は、虎であったが、その檻《おり》の、のんきというかいい加減というか、私が虎なら、その場で脱走してみせます、という代物《しろもの》であった。

おまけに、下はコンクリートではなく天然自然の土になっていた。あの国は夕方一回、物凄《ものすご》いスコールがある。私がのぞいたときもちょうど雨上りであった。

下は、お汁粉である。

巨大な、しかし、年とったベンガル虎のオスは、可哀そうにおなかの下のところを泥で汚し、乾いてカパカパにし、また濡らし、カパカパにしの繰り返しで、虎とは違うひどくうす汚れた動物にみえた。彼は、泥に汚れていない背中だけが虎であった。

おなかは、まるで豚であった。虎豚は、哀しいような威厳に満ちた目で、腐りかけたような木の二股になったところに、ねそべっていた。

私は、カメラを向けたが、シャッターを切るとき、ひどく済まない気がしてならなかった。

私は猫科の動物に惚れているので、このときは何というひどい仕打ちをするのだろうと、怒りに震えたのだが、近年アフリカへゆき、大自然のなかでライオンを見て、自分の浅はかさに気がついた。

あれが、野生動物の自然の姿なのである。暖冷房完備。ガラス越しに一日何千何百の目玉にみつめられながら、恋をしたり結婚させられたりするのより、腹の下をカパカパにして、泥の上でゴロゴロして、ごくたまに入ってくる人間を見てボオッとしているほうが、まだしも幸せというものではないだろうか。

同じタイ国でも、さすがに首都だけあって、バンコックの動物園は立派なものであった。といっても、上野動物園にくらべると、随分素朴なものだが。

私は、その頃日本ではみかけないヤマネコの一種をみつけ、何とかカメラに納めたいと七転八倒していた。

ヤマネコは檻の奥の巣箱のなかに入って出てこない。仕方がないので、

「ニャオン。ニャオウ」

猫の啼《な》き声をして、気を引いてみたが、ちょうど眠かったか、一向にラチがあかない。

気がつくと、まわりは黒山の人になっていた。

日本の一人旅のオバハンが、屁《へ》っぴり腰でカメラを構え猫の声で啼いているのだから、たしかにおかしな見世物にちがいない。

赤面して檻を離れようとして、私は立ちどまった。集まった十二、三人ほどの人たちが、口ぐちに不思議な啼き声の声色《こわいろ》をしてみせてくれたからである。

「ミヤオ」

「マオオ」

タイの人たちは、こんな風に啼いてくださった。にもかかわらず、このヤマネコはストライキ中なのか、到頭、出てきてくれなかったのである。

十年前はバカチョンであったが、去年あたりから、やや本式のカメラを使ってみるようになった。

値段が張ることと重たいことを我慢すれば、さすがにピントは固いし色も仕上りもひと味違う。

チビの私が二百ミリの望遠をつけたカメラをぶら下げ、米軍放出のみどり色のダブダブのシャツを着て、スカーフで目だけを出して歩いていると、アラブ・ゲリラの使いっ走りみたいだと、笑い転げたひともおいでになったが、笑わば笑えである。

ケニヤの夕暮の草原をゆく孕《はら》みライオンという自称傑作を撮ったりして、意気軒昂《けんこう》たるものがあった。

「競馬と同じでね、はじめは誰でもアタるもんですよ」

という声も聞かれたが、ひょっとして私はこっちのほうに才能があったのではないかと自惚《うぬぼ》れて、またまたこりずにマグレブ三国へ出掛けていった。

そこのひとつ、モロッコで私はゴツンと頭を叩かれた。

あれはたしかカサブランカの町はずれであった。

海に近い裏町の一角に、イスラム教の学校がある。アラビア風色タイルで飾られた、かなり古びてはいたが充分美しいものだった。

選ばれた子供たちが、ここでコーランの教えを学び、アッザーンとよばれる礼拝への呼びかけを習うのである。

その門の前に、一人の老人が寝そべっていた。

かなりの老人である。

はじめ、私はボロ布が丸めて置いてあるのかと思ったが、白いひげと杖《つえ》と、黒く汚れた薪《まき》ざっぽうのような二本の足で人間だと判った。

申しわけないような気がしたが、被写体としてはなかなか面白い。私はそっとカメラを向け、一枚シャッターを切った。

少しアングルを変え、もう一枚と思ったとき、ひとりの少年が老人の前に立った。

少年は、十二、三ではなかったかと思う。

くるりと私に背を向け、老人を体でかばうようにして立ちふさがった。

老人の体をかくしているのは、少年の粉を吹いたような、割箸《わりばし》のように細いカーキ色の足である。

私は二枚目のシャッターを押すことが出来ず、その場を離れた。これこそモロッコだと思いながら、写せなかった。

私はアマチュアだな、と思った。本当のプロなら、それをこそ、撮るだろう。よその国で人を写してみて、よく判った。

カメラが珍しいところでは、みんな目を輝かして集まってくる。うれしそうにカメラに納ってくれる。すこし馴れたところでは、写されると、例外なく不機嫌になり疑い深い固い顔をする。

日本へ帰って印画紙に焼きついたいくつかの名前も知らない人たちの顔を眺めながら、この顔は、この目の色はどこかで見たことがある、という気がした。

明治維新の頃の坂本竜馬であり、その頃の日本の男たちの顔であり、うちのアルバムに、羊羹《ようかん》色に変色して写っている私の祖父母たち親戚たちと同じなのである。私たちは百年たって、やっと写すひとになったのであろう。

合唱団

大隈講堂のステージで歌ったことがある——といえば聞えがいいのだが、勿論《もちろん》独唱ではない。合唱団の一員としてである。

早稲田大学のコーラス部といえば有名なグリークラブがあるが、私たちが一緒に歌ったのは、有名でないほうの早大土木科関係の有志である。

どうやら女の子の頭数が足りなかったらしく、格別の音階テストなどはなく仲間に入れてもらったように覚えている。

私は、今でもそうだが頭のテッペンから出るキーキー声である。深い声で歌が歌えたらどんなに人生は楽しいだろうと思ったらしく、社交ダンスのグループからの誘いを蹴っとばして、コーラスのほうへ寝返った。

入ったとたんに、これも人数の関係で低音のほうへ廻された。おかげで、このとき歌った「流浪の民」など三曲の低音部だけは、ちゃんと歌うことが出来る。

私の学校は渋谷にあった。

週に何回か、授業が終ってから早稲田へ練習に通った。

高田馬場で電車をおり、あとは歩くわけだが、どういうわけか、烏賊《いか》を丸のままつけ焼にして売っている店が目についた。

食べ盛りの年頃なのに食糧事情は最悪である。しょう油の焦げた烏賊の匂いは、はらわたにまで沁《し》み通った。おいしそうだなあ、食べたいなあと、思いながら歩いた。

十回か二十回はこの道を通ったと思うが、結局私はただの一回も烏賊を買わなかった。それだけのゆとりがなく、買えなかったのであろう。そのせいか、今でもシューマンの「流浪の民」のメロディを聞くと、焼き烏賊の匂いがただよってくる。

合唱団に入って、いろいろなことを覚えた。

全員が一番緊張するのは、晴れの舞台の上ではないことも判った。

舞台の上にどう並ぶかという配置を決める時であった。

歌っている私たちの間を、リーダーが廻って歩く。このリーダーは、橋梁建築のほうを専攻している学生だったが、いまから考えると鄧小平《とうしょうへい》氏にそっくりだった。

彼は目を半眼に閉じ、実に考え深そうな顔をしながら、歌っている私たちの口許のところに自分の片耳をくっつけんばかりにして聞き入る。

反対側の耳は、鶴田浩二さんが歌うときのように、片手をあてがう。

一人ずつ聞き、小さくうなずいたり首をかしげたりしながら、

「はい、あなたはここ」

「あなたはそのまま」

というように私たちを押したり袖を引っぱったりしながら、扇形の合唱団の陣容を整えていた。

意志が弱かったり音程がアヤフヤで、隣りの高音部に引っぱられそうになるのは、中央部に引越しさせられた。

コロコロ肥っていたり、ひどく体をゆすって歌う人、拳骨《げんこつ》を強く握りしめ、それをゆすぶらないと高い声のでない人は、うしろへどうぞとなった。

みな、ささやかな優越感と劣等感を味わいながら、

「ブナの森の葉がくれに
宴《うたげ》ほがい賑わしや」

と歌っていた。

当日は、女子は白いブラウスに黒いスカートというので、私は父の古いワイシャツを

直して晴れの衣裳をつくった。

一枚しかないサージの黒いスカートはアイロンをあて過ぎて、嫌な具合にピカピカ光っていた。

バッキー白片《しらかた》のハワイアン・バンドがステージに上り、ビヨヨーンと、おなかにこたえる音で会場を酔わせているのが判る。

次は私たちである。

みんな咽喉《のど》が乾くらしく、やたらとヤカンから水を飲む。

「時間がありません。もうご不浄は我慢して下さい」

リーダーからの伝令が廻ってくる。

そして、舞台へ上った。

歌いはじめたら、端も真中もなかった。

男としては貧相に思っていた鄧小平氏が、実に頼もしい。この人につかまって泳ぎ切ろう、と思えるほど男らしく見えた。

今でもテレビで、ママさんコーラスを見ると、私はこのときのことを思い出す。

ウィーン少年合唱団の天使の歌声にしても、やはり可愛い子は前列ということはないのだろうか。

苺だって枇杷《びわ》だって、大きくて形のいいおいしそうなのは一番上にのっている。

でも、歌っているほうは、そんなことは忘れているのだ。

絶対に目立ってはいけない。

それでいて、絶対に手抜きをしてはいけない。

個でありながら、全体なのだ。

コーラスの人たちは、みなとてもいい顔をしている。独唱をする人のように臆面のない発散が出来ない分だけ押えた情感がある。つつましい高揚がある。

たった一回だが、自分が味わったせいか、私はコーラスをする人たち、特に女の子たちの顔が大好きである。


あとにも先にも一回だけの合唱団の体験だが、あとは全く歌は駄目である。

特に歌詞が覚えられない。

他人《ひと》さまの作った歌詞を、うまいなあ、何と素晴しい言い廻しをするものだろうと感心しながら、さて自分で歌うときは全く勝手につくり変えて歌ってしまう。

これは、大隈講堂の合唱団のときではない。たしか学校の卒業式の予行演習のときだったと思うのだが、私は、ひどい目に逢わされた。

一人だけ校歌の歌詞を覚えず、他人さまが歌ってくれるからいいやと、いい加減にごまかして歌っている私を、みんなでこらしめてやろうと思っていたらしい。校歌の歌詞

は、

「大和撫子《やまとなでしこ》」

あ、これなら大丈夫、こうつづくのは当然と、私は大きな声で、そのあとを、

「女郎花《おみなえし》」

と歌った。

このとき、みな、一斉《いっせい》に歌うのをやめてしまったのである。

シーンとなり、次に弾けるような大笑いになった。

このとき、先生は、身を縮めている私にこう言われた。

「いずれそのうち、あなたに校歌の作詞をおねがいするわね」

警視総監賞

生れてはじめてお巡りさんに捕まったのは、実践女子専門学校国語科二年のときである。

夏休みに両親のいる仙台に帰省し、トランクに米をつめて東京の下宿先へもどったところを、派出所のお巡りさんに呼びとめられてしまった。

当時、闇米の持ち運びは固く禁じられていて、見つかれば没収であった。法を犯すのは心苦しいが、主食の遅配欠配がつづいていた東京では、おっしゃる通りにしていたのでは栄養失調になってしまう。

私たち学生は、いろいろと情報を交換しあった。

「下着をトランクの一番上にのせておくと、若いお巡りさんは、顔を赤くして、それ以上なかをのぞかないわよ」

「下着よか鏡がいいと思うな。自分だって闇米を食べなければ飢《う》え死《じに》するのに、取締りをしている自分の顔を恥じてそのまま通してくれるんじゃないの」

ガマの油である。

私はその時分から横着だったから、そんな手の込んだことはしなかったが、それでも、お巡りさんの前を通るときだけは、米の入った重いトランクを、さも軽そうに持って足早に歩いた覚えはある。

仙台から上野までの車中は、東京へ米を運ぶ闇屋でいっぱいで、よく一斉《いっせい》取締りに逢ったが、係官もプロと素人は区別しているとみえ、私は一度もとがめられずに済んでいた。

それが、上野へつき、市電に乗って麻布の今井町の停留所で下りた途端に、御用になってしまったのである。

あと二百メートルほどで下宿している祖父のうちである。つい気がゆるんで、お巡りさんの前を通るときは軽々と持つというルールを忘れたのがいけなかった。

派出所に引っぱられ、トランクをあけてみろ、と言われた。

私は頭に血がのぼってしまった。

「どうしてもあけろと言うのならあけます。たしかにお米が入ってます。仙台から苦労して持って来たんです。車内の一斉取締りも、どうにかお目こぼししてもらって、もうそこが下宿なんです。それでもあけろ、と言うんですか」

中年の痩《や》せたお巡りさんだった。

もっともあの頃の日本人はみな痩せていたが、その人はとりわけ痩せていた。

しばらく黙っていたが、

「いいから、いきなさい」

と言って、日誌のようなものをつけはじめた。次の朝、学校へゆくときに、そのお巡りさんと逢った。私は最敬礼をしたが、彼はそっぽを向いて私のほうを見ようとしなかった。


痴漢を捕まえたのは、それから三年あとである。

その頃は、家は井の頭線の久我山に越しており、私は勤めを終えてから英語を習っていた。その帰り道、うちまでもう一息という暗がりで、いきなり刃物をつきつけられた。私は、うちの近所で災難に逢う星らしい。

「お金ですか」

と二度言ったが男は答えず、私はそばの竹藪《たけやぶ》まで引きずられた。

うちの門灯が見えているのに、どうすることも出来ない。私は左手にカメラを持っていた。友人から借りた外国製である。これを盗られたらどうしよう。

カメラより大事な、女として盗られたら困るもののことは思い到らなかった。カメラ、カメラ、と思っていた。

竹藪の入口で男が咳《せき》をした。

私は左手のカメラを大きく振った。カメラは男の腹に当り、私は彼の手を振り切って駆け出した。

痴漢が小男だったこと。私が陸上競技のまねごとをしていて、走ったり飛んだりが得手だったことが助けになった。

すぐ警察に届けたが、あけがたまで膝がガクガクして、口を利《き》くと語尾が震えていた。

夜学はやめさせられた。

そのことも腹が立ったが、

「ほんとに刃物を持っていたのかねえ。恐いとそう見えることがあるんだよ」

という係官の一言が、若かった私にカチンときたのだと思う。

勤め先から帰る時間を十分ずつずらして、井の頭線の車輛を見て歩き、ちょうど一週間目の夕方、痴漢をみつけて警察へ突き出したのだから、今から考えると、恐いもの知らずとしか言いようがない。

男は常習犯で、お腹を刺されて重傷を負った被害者もいたらしい。

私は高井戸署でキツネうどんと塩せんべいをご馳走になり、

「警視総監賞を上申しようと思うが」

と言われた。

これを頂戴《ちょうだい》しておくと、将来万一罪を犯したとき、多少情状酌量ということがある。人間、どういうことになるか判らないのだから、もらっておきなさい、と年輩のお巡りさんはすすめて下さった。

私は心が動いたのだが、このはなしは沙汰《さた》やみになった。

父が、絶対反対、もっての外《ほか》と大怒りなのである。

たとえ未遂であっても痴漢に襲われただけでもみっともないのに、女だてらに捕まえたなど、更にみっともないという。

警視総監賞ということになると、新聞に写真と名前がのる。縁談に差支えると言い張ってゆずらない。

係官はすこし残念そうであったが、私はどうもそれ以来、賞というものにご縁がなくなってしまった。

それまでは、優等賞、運動会の駆けっこの一等賞、綴《つづ》り方コンクールの賞などと、すこしはごほうびも頂いていたのだが、或る日バッタリと北海道へ鰊《にしん》がこなくなるように、パチンコのタマが出なくなるように、それ以来、どうもパッとしない。

わずかに頂いたものといえば、ゴルフとボウリングのトロフィぐらいで、千本もテレビドラマを書いているというのに首から上の、つまり頭を使ったごほうびには無縁であった。

「ヤマダさんもハシダさんも、おもらいになったねえ」

母が小さな声で呟《つぶや》いていたのも、小耳にはさんでいた。「ダ」がつけば、いただけるというものでもないのだ。

略歴を書くと、賞罰なし、とつけ加えながら、どうせお嫁にゆかなかったのなら、あのとき警視総監賞をいただいておけばよかったかな、と気弱な考えが頭をよぎることもあった。

この年では痴漢も襲って下さらないのだろうし、三十年前にくらべると足腰も衰えているから、もう警視総監賞は無理であろう。

そう思って諦《あきら》めていたのだが、お巡りさんのセリフではないが、人生は判らない。どういう風の吹き廻しか、直木賞を頂いてしまった。警視総監の仇を直木三十五という方に討っていただいたような不思議な気持でいる。

白い絵

机に坐って白い枡目《ますめ》ばかり睨《にら》んでいると海が見たくなってくる。友達の車に乗せてもらい、日帰りで湘南へ海水浴に出掛けた。十年ほど前のことである。

休日の車の列は物凄《ものすご》い。一寸刻み五分刻みののろのろ運転である。じっと耐え抜いて、もう一息で海が見えるというところで車が故障してしまった。

車の持主はメカに強いひとで、ちょっとした故障は自分で直すという。車を道路の脇に寄せ、ジャッキで持ち上げて、ドンゴロスを敷き、下へもぐりこんで、ああだこうだとやりはじめた。

遅れて申しわけないと呟《つぶや》きながら、灼《や》けるようなアスファルトに寝て、油まみれになっている友人の手前、車に乗っているというわけにもいかない。近所に喫茶店もない。仕方ないので、四人の同乗者は、雁首《がんくび》をならべて、故障を直している友人の手許を眺めていた。

すぐ直るから、ということだったが、車がその頃はまだ日本にあまりなかった珍しい外車だったことも手伝って、一時間たち二時間たっても、ラチがあかないのである。

仕方がないので、私は水をもらいかたがた、道からすこし入った農家をのぞきにいった。

ちょうど豚がお産をした直後で、桃色の羽二重餅《はぶたえもち》のようなのが、十個ばかり、母親豚のオッパイに取っついて押し合いへし合いしている。

豚小舎は臭うと聞いていたが、このうちは実に掃除のゆき届いているうちで、母豚も桜色で色っぽく肥り、私は三十分ばかり水を貰うことも忘れて見とれていた。

車の故障は、三時間かかって直ったが、目的地へ着き、海水着に着かえた頃は、陽は傾きかけていた。

この日、私たちは、肩や背中より首筋が一番陽やけしていた。

海より地面や豚を眺めていた時間のほうが長かった。

Aが見たくて出かけていったのに、どういうわけかBを見て帰ってくる、ということが多い。

十年前のことだが、プレスリーのショーをラスベガスでやっているというので、ペルーへゆくのに、わざわざサンフランシスコで降り、飛行機をのりついでラスベガスへいってみたら、やってるのは、バーブラ・ストライザンドのショーである。プレスリーは昨日で終りました、といわれて、落下傘部隊みたいな銀色のジャンプスーツで、明らかに手を抜いて鼻で歌っているようなバーブラのショーを見て来た。こういうときは、ギャンブルのほうも駄目で、わずかに浮いたのは帰りのラスベガス空港でやった、パチンコみたいな形式ので、浮いたといっても、ホットドッグとコーラの代金ぐらいである。

このときの旅行には、もうひとつの楽しみがあった。

スペインのマドリッドへついたら、いの一番にプラド美術館へゆき、ゴヤを見ようというプランである。

前の晩が遅かったので同行の友人たちは、まだ眠っている。

私は早起きをしてひとりで街のサラリーマン専用の食堂で朝食のサンドイッチの立ち食いをして、道をたずねながら、プラド美術館へ歩いた。

タクシーになど乗るのは勿体《もったい》なかった。

スペイン語は片言もおぼつかないが、地図と身ぶり手ぶりで、歩いて、長い間の夢の場所まで辿《たど》りつきたかった。

その気持が、道をたずねる態度にも出たのか、オレンジ売りのおばさんは、私の首根っ子をつかまえて、舗道に坐らせ、値段を書くチョークで敷石に道順を書いて教えてくれた。おまけにオレンジをひとつくれた。

私はプラド美術館までの道をオレンジをかじりながら、歩いた。

ところが、憧れのゴヤの作品には逢えなかった。

ほとんどの名作が、無いのである。

飾ってあった場所が、白くあいている。そのあとに「ハポン」（日本）と書いた紙が貼ってあった。

日本で大がかりなゴヤの展覧会があり、「裸のマヤ」もみんな日本へ旅行中であった。

ああ、これもない、これも駄目か。

下の題名と、「ハポン」の貼り紙を眺めながら、古い石造りの、冷え冷えとした美術館をゆっくりと歩いた。

いま、「裸のマヤ」というと、あの石づくりの暗い天井の高い部屋の中央の、そこだけ白くなった壁面と「ハポン」の文字が浮んでくる。これも旅の思い出のひとつであろう。口惜しまぎれに、これも悪くないな、と思うことにしている。

父とは四十年のつきあいだったが、大人になって一緒に映画を見にいったのは、ただの一回である。

私が二十代のはじめの頃で、映画は「仔鹿物語」であった。主演はグレゴリー・ペックである。

これも、父の方から一緒にゆこうとさそったわけではない。私が夏休みに帰省していたときに、母が、

「たまには、映画のひとつもさそってやったらどうですか」

とけしかけ、テレ臭いものだから、ビールの勢いで、

「おい、行くぞ。支度《したく》しろ」

という騒ぎになったのである。

ところが、父は、席に着くと、十分もたたないうちに眠ってしまった。ガクンと首をうしろに折り、あたりかまわぬ大いびきである。

まわりから、シッシッという声がかかるたびに、

「お父さん」

とゆり起すのだが、目をあくのはそのときだけであった。

終り近くになり、ちょうど酔いもさめたとみえて目を覚したが、私は、帰り道ひとことも口を利《き》かなかった。

母が、

「なんですか、とても仔鹿がかわいいんですってねえ」

といったが、父は、

「仔鹿？　そんなもの、出て来たか」

と要領を得ないようであった。

出てこないのも当り前で、主役の少年が仔鹿をみつける前に眠ってしまい、覚めたのは仔鹿が射たれたあとなのである。


「裸のマヤ」というとそこだけ白くなった壁面と「ハポン」の文字が云々と書いたが、これは正確ではないことに気がついた。

いまプラド美術館を思い出すと壁にはちゃんと「裸のマヤ」の絵がかかっている。見たはずのないあの絵を知らない間に壁にかけてしまっている。

歳月は、思い出の中に、記憶をパッチワークみたいにはめこんでしまうのである。

大統領

美容院の鏡の前に坐って、

「逆毛《さかげ》を立てないでください」

と言ってから、十五年ばかり前にヘタクソな英語でこう言ったのを思い出した。

バンコックのホテルの美容室である。

美容室に飛び込んだときの私は、かなりひどいいでたちであった。カンボジアでアンコール・ワットを見物して、その足でタイへ入ったものだから、色は真黒け、髪はザンバラである。

美容師は、はたちをすこし出たくらいの若いタイ人の女の子だった。

「判りました」

大きくうなずいてから、

「私は、山野美容学校で勉強したのよ」

自慢そうに、あごをしゃくった。

鏡の上のほうに、二枚の額がならんで映っている。左右逆版になっているが一枚はプミポン国王とシリキット王妃の肖像写真、もう一枚は、どうやら山野美容学校の卒業免状らしかった。

東南アジアの人は、体も細身だが、手足は特にしなやかである。よく撓《しな》う器用な指先で頭をさわられているうちに、いい気持になり、うとうととしてしまった。

揺り起されて、目が覚めた。

鏡を見て、私は一瞬我が目を疑った。

映っているのは私ではない。タイ人の女である。

思い切り逆毛を立て、布袋《ほてい》さまのように高く高く結い上げた髪をした、色の真黒いタイ人の女が、赤いムームーを着て坐っている。

赤いムームーは、まさしく私の衣裳であるから、これは私に違いないのだが、これは一体どういうことなのか。

「あんなに逆毛を立てないでといったじゃないの」

嚙みついた私に、美容師はにっこり笑ってこう言った。

「でもマダム、シリキット王妃と同じ頭ですよ」

まさに同じ頭であった。

タイの王室は、国民の尊敬厚いものがあるということは聞いていたが、これほどとは思わなかった。シリキット王妃はタイの女たちの憧れの的であり、王妃に似ている女性を美女というらしい。

文句を言っても無駄だから、私は黙って美容院を出た。早く自分の部屋へ行き、スプレーで固くガリガリに固めた布袋頭をこわして、やり直そう。私は同行した友人たちに見つからぬよう、下を向いてエレベーターに乗り込んだ。

ドアが閉る寸前に、日本人の男が二人飛び込んできた。中年の男たちだったが、買物の相談をしているらしい。買物は物品ではなく、生きものらしいのである。つまりアフター・ダークの、夜の行動について値段を含めた実に大らかな情報の交換だった。

どうやら、私をタイ人の女と思い、日本語は通じないと踏んでのことらしい。

私は少しおかしくなり、降りるとき、日本語で、

「お先に失礼します」

と申上げた。

このときの二人の男性の顔を考えると、私はつくづく若気の到りであったと気の毒になってくるのだが、言いたいのはそのことではないのである。

美容院の女の子が、シリキット王妃に似ているからいいじゃないの、と言い切ったそ

の自信である。

自分の国のシンボルを、堂々と誇れるそのことが、私には羨《うらやま》しく思えた。

随分前のことだが、私は酔っぱらって、偉くなりたくないと言ったそうである。絶対に切手に顔がのらないようにしなくてはいけない。理由を聞いた相手に、

「だって、知らない人たちに裏からペロペロなめられるなんて気持悪くてくすぐったくて嫌じゃないの」

と言ったというのだから、身の程知らずもここまでくると漫画である。

全くお恥かしい次第だが、満更出まかせでもないので、英雄とか偉い人が、どうも肌に合わず、お札や切手や銅像になるような人のドラマは書かないと頑張って過してきた。到らぬ人間の到らぬドラマが好きだった。欠点だらけの男や女の、すべった転んだが描けたらそれでいいと思っていた。

ところが、此の頃では、絶対に大丈夫と信じていた人が、突然偉くなってしまうのである。

二十代に映画雑誌記者をしていた時分ロナルド・リーガンという男優がいたことは、いまでも覚えている。

前髪を団子のように高く盛り上げ、チックだかポマードだかでテカテカに光らせて（どういうわけか、いまも同じヘア・スタイルである）、いつも主役のスターの「お友達」という役どころであった。

はじめは、主演女優の恋人役だが、主演女優はあとから出てきた主演スターに心を移し、花を贈ったりダンスに誘ったりしたのに振られる役である。

振られたのに、恋人たちが危機一髪という場面になると、騎兵隊を率いてなんとか砦《とりで》へおもむいたりする気のいい三番目、四番目の役どころであった。

私はたしか、一度か二度、この人をグラビアのポートレートに使った記憶がある。だが、それは、タイロン・パワーやアラン・ラッドのいい写真が手に入らなかったからだった。カラー写真で登場したことは一度もなかった。

この人の唯一の取柄《とりえ》は、恐らくただの一度も、陰惨な役をやらなかったことであろう。殺人鬼、卑怯《ひきょう》な裏切者、変質者。そういうロナルド・リーガンは見た記憶がない。そういう人物を演る《や》演技力がなかったこともあるが、持って生れた個性が明るく屈託がなかったためである。

カリフォルニア州の知事になった、というニュースも、カリフォルニアはハリウッドのあるところだし、さほどびっくりはしなかったが、大統領だけは驚いた。チャールトン・ヘストンならまだ話は判る。

「日本の役者さんでいうと、誰なのかしらねえ」

というはなしになったら、誰かが、

「葉山良二あたりじゃないか」

という。

何だかおかしくて、一同笑ってしまったが、葉山良二さん、お気を悪くなさらないで下さい。あと二十年たって、あなたが日本の総理大臣になれるかも知れないということなのですから。

ポスト

郵便を出すのでおもてへ出た。

右手《めて》に血刀《ちがたな》、左手《ゆんで》に手綱《たづな》ではないが、右手に鍵束、左手に葉書である。ポストは住んでいるマンションと目と鼻なのだが、ポストが見えてくると私はすこし息苦しいような気分になる。

ポストの口に葉書の代りに鍵束を入れてしまうのではないか、と不安になるのである。ノイローゼではないか、と言われそうだが、私は図々しいたちで、どんなときでも不眠や食欲不振にはならない極楽とんぼである。そちらの心配はないと思うのだが、つい先だっても、知人が郵便を出しに出たついでに煙草を買い、ポストに買ったばかりの煙草をほうり込んで葉書を持って帰って来た、と聞いたばかりである。

それでなくても粗忽者《そこつもの》で、似たような失敗をしている。でんぶを作ろうと飛魚《とびうお》を茹《ゆ》で、かなり時間をかけて丹念に小骨を取ったところまではよかったのだが、気がついたら、身のほうをごみ箱に捨て、皮や骨を残してしまったということもあるだけに、ポストが見えてくると、またやるんじゃないか、と自信がなくなるのである。

右手に鍵を持つからいけないのだと、右左を持ち替え、鍵を仕舞うポケットのついてないアッパッパを恨みながら、葉書をポストに差し込むのである。


スキーをはじめて、やっと左右に曲れるようになった頃のことである。

同じような腕前の仲間五、六人で、斜面の上に立ち、ゲレンデを眺めていた。今ほどスキーはブームではなかったから、ゲレンデはすいていた。一人が先頭を切って滑り出したが、途中で帽子を落してしまった。

このとき、私の隣りにいた青年が、彼は東大出の大秀才で大の理論家であったが、軽く片手を上げて直滑降で滑り降りていった。

「OK。任せといて」

という感じである。

理論家だけあって、彼は私たちの仲間では一番上達が早く、スキー・スクールのコーチにもほめられたばかりである。

ゆとりをみせた滑り方である。右へ曲れば帽子である。ところが、何思いけん、彼は悠然として左へ曲ってしまった。

スキーをしたかたならお判りと思うが、右へ曲るときはまず左肩左足にアクションをつける。そこの手順を一瞬間違えたのであろう。

帽子は取り残され、理論家は、ゆっくり反対側へ滑っていった。この日一日、理論家はムッとした顔で一日中、私たちと目を合わさなかった。

片手に鍵を持ち、片手に郵便物を持ってポストの前に立つとき、私はこの日の情景を無意識に思い出しているような気がする。

ポストの脇に一人の女の子が立っていた。

背丈は私と同じくらいだが、子供っぽい漫画のTシャツの胸の稚《おさな》さや、鉛筆みたいに固く細い足の具合からいって、小学校六年か、せいぜい中学一、二年であろう。

ポストの横に立ってるわ、というような待ち合せでもしたのか、と思ってゆき過ぎたが、買物の帰りにまたそこを通ったら、ちょうど赤い郵便車が集配に来たところで、さっきの女の子が何やら係員に頼みごとをしている感じである。

「届いちゃうとまずいのよね」

などと言っている。

どうも、一旦投函したものをもどして欲しいと交渉しているらしい。

すぐ横の古美術商のウインドーをのぞきながら、ちらりと目を向けたら、花柄のついたかなり分厚い封書を返してもらっていた。

あれはどういう手紙だったのだろう。

あなたを好きです、というのか、もうつき合いはやめましょうというのか。どちらにしても一度投函したものの、気が変り、立って待っていたのであろう。

勝手に想像して見たせいか、女の子は大人の女の目をしていた。

発育が早いのは胸やヒップだけではないのだということがよく判った。

小学生の頃だが、郵便ポストというあだ名の子がいた。少しゆっくりした子で、いつもポカンと口をあけて立っているので、こういうあだ名がついたらしい。

いつも口をあけているせいか、洟《はな》をたらしていた。洟は今は懐しい青っぱなである。

不思議なことに、これだけは、滅多《めった》に見かけなくなった。栄養のいいせいか、ペニシリンが出廻ったので青カビと何か関係があるのだろうか。

ポストが口をあけていたのも、昔のはなしになった。

今のポストは、昔の丸いとぼけた形とちがい、カッキリと四角い金属製で、口を閉じ、利口《りこう》そうな顔をして立っている。酔っぱらって気軽に抱きつけるのは、昔のポストであろう。

何十年もお世話になりながら、ポストということばについては考えずに過してきた。念のために百科事典を引いてみたら、語源はラテン語であり、意味に三つの流れがあるらしい。

ひとつは、ポスティスからくるもので、立棒、杭《くい》、柱のたぐい。二つ目はポネレからくる軍隊や警官の守備区域になり、守備隊そのものになり、官職、地位に転じたもの。最後が、やはりポネレからくる郵便である。

これも、置かれたもの、据えられたもの、という意味があるという。

私は語学の知識がないせいであろう。ポスト大平、などと聞くたびに、直立不動の姿勢で突っ立っていた昔のポストを思い出して、何となくおかしくなっていたのだが、調べてみると、郵便ポストと、こちらのポストは親戚筋であるらしい。

鍋やライターや電話ボックスが透明になってきた。この頃はエレベーターまで透明になって来ている。

だが、ポストだけは透明にならないほうがいい。

透明なポストの中に、だんだんと郵便物がたまってゆく。白魚のはらわたのように中身が透《す》いてみえる。

通る人は、気になって仕方がないと思う。

ポストには、さまざまな人生がつまっている。運命や喜怒哀楽や決断や後悔が、四角い薄い形になってつまっている。雑駁《ざつぱく》な街のなかで、あそこだけにはまだ夢が残っているような気がしている。

旅枕

海外旅行にだけは行かない、と頑張《がんば》っている人がいる。かなり大きな会社の社長である。

理由は枕だという。

子供のときから蕎麦殻《そばがら》の枕に馴染《なじ》んで来た。円筒型に固くつめ込んだ昔ながらのくくり枕でないと眠れないというのである。

ホテルで使うパンヤだか羽毛のフワフワのは、こたえがなくて頭が沈み寝た気がしないとおっしゃる。

飛行機や新幹線のおかげで、国内は大抵日帰りですよ。赤んぼうじゃあるまいし、あんなやわな枕でよく眠れるもんだ、と言っておられたかと思ったら、声がしなくなった。バーのボックスのソファに寄りかかって、いい気持そうにうつらうつらしておいでになる。銀座の一流だけあって、長椅子も上等、背もたれの首のあたるところもフカフカである。話が違うような気もしたが、ここで一泊するわけではなし、暫時《ざんじ》の休憩の場合はフカフカでもいいのであろうと納得した。

男女合せて二十人ほどがひとつ部屋で雑魚寝《ざこね》をしたことがある。二十代の頃、勤め先でスキーバスを仕立て湯沢あたりに出掛けた時のことだったと思うが、料金を値切ったせいか、そこしか開いていなかったのか、通されたのは大広間であった。

「女の子が着替えをしますから、男の人はまとめてお風呂に行って下さい」

と追ん出したりする。

追ん出されたほうが、

「俺は寝しなに入りたいんだがなあ」

と言いながら、替えのパンツを抱えてゾロゾロ出てゆく有様は、勤め先では見られない愛嬌《あいきょう》があった。

壮観なのは夜であった。

衝立《ついた》てもないので、男と女がそれぞれ頭のほうを突き合せた格好に二列に布団を敷いたのだが、暗くしないと眠れない、という声に対して、年輩の引率責任者が、

「それはまずい。電気は絶対に消さないこと」

とムキになってどなったりしている。

私は、旅館の固い枕では首が痛くなるたちなので、うすい座布団を二つ折りにして、持参の湯上りタオルを巻いて枕を作っていた。

このとき気がついたのだが、日頃食べものや着るものに神経質な人が、ポマード臭い旅館の枕に平気であったり、豪傑《ごうけつ》肌の人が、部屋の隅から茶筒を持ってきて、セーターを巻いたりして枕を作っていることであった。

なかには一旦横になってから跳ね起きて、横にどけてある私の枕を見つけ、使わないのなら貸して欲しいと言い、自分のと二つ重ねて、これでよし、という人もいた。

その人は、鎌首をもたげるような姿勢で、一番先にいびきをかいて眠ってしまった。

頭に合わない枕をするくらいなら、無いほうがいいと、枕カバーだけをはがして頭の下に敷き、目をつぶる人もいた。

まさに十人十枕であった。

のぼせ性のせいか、夏は寝ている最中に頭が熱くなってくる。〝脳煮え〟と書かれたのは山口瞳氏だったと思うが、あったまって傷《いた》んだ脳でははっきりしない。

そんな話を友人にしたら、突然重たい小包みが来た。あけてみると瀬戸物の枕である。

陶枕《とうちん》といって、美術館で万暦赤絵《ばんれきあかえ》の凄《すご》いのを見たことがある。頂いたのは、そんな寒気のするようなものではないが、頭をのせてみると、ひんやりして気分がいい。

難を言えば、重たいので、ベッドのその部分がだんだんと沈んでくることと固いことだが、物珍しさも手伝って使っていた。

一週間目の朝、送り主から電話があった。

送った陶枕は使わないで欲しいというのである。

昨夜、夜中に電話があった。いい知らせだったので電話を切ってから、心弾むままに年甲斐《としがい》もなくベッドにどすんと引っくり返った。

とたんに目から星が出た。

後頭部をしたたかに打ち、しばらくは痛みで声も出なかった。いまも小さなコブがあると言う。

「あなたは私よりそそっかしいのだから万一のことがあると命にかかわる。すぐ捨てて頂戴《ちょうだい》」

豆腐の角《かど》というのは聞いたことがあるが、枕に頭をぶつけて、となると、死にかたとしては少しばかり心残りである。勿体《もったい》ないから、玄関の足のせにとも思ったが、昨日勤皇、明日は佐幕《さばく》みたいでこれも気がひける。迷った末に言う通りにした。

旅先で自分に合ったいい枕にめぐり合うことは滅多《めった》にない。

外国のホテルでは、フカフカして見場は豪華だが、頭をのせると沈み込んでしまって、十分もすると耳たぼがほてってくる、というのが多かった。

たった一軒、これぞ私のために作ってくれたのではないか、と思ったのは、パリのル・グランというホテルのものであった。

オペラ座のすぐ横の四つ星である。

ホテル自体も古い格式のあるホテルだが、ここは湯上りタオルやベッド、シーツなどが非常にすぐれていた。何の飾りもないが、上質で、使う人を快適にする心くばりを感じた。

枕は、あれはカポック、というのだろうか、固めの詰め物である。丸と四角のちょうど中間の、程のよい太さ丸さで、セミダブルのベッドの幅と同じに出来ている。

頭をのせてみると固からずやわらかからず、実に具合がいい。部屋はかなりあたたかいのに、どういうわけか耳たぼが熱くならないのである。

私だけかと思ったら、次の朝食事で一緒になった三、四人の連れがみな、この枕を賞賛していた。支配人にごまをすり応分の値段でわけてもらいたい、と思ったが、フランス語ときたら、請求書を下さいがやっとなので、諦めて帰ってきた。

寝苦しい夜など、今でもこのホテルの枕を思い出すことがある。

最近羨しいと思った枕は、「斧枕《おのまくら》」である。

「くりま」という雑誌に、黒田晶子《あきこ》というかたが北海道のことを書いておられる。

「北海道で、二年まえの六月に、初めて独りでテントを張ったとき、安部さんが、『アイヌの人がたは、山で寝るとき』と言いながら、古い斧を渡してくれた。それを布で巻いて、枕にした。頭の下に敷いた重い刃は、わたしの眠りに冷い静けさと、土の安堵《あんど》感を与えてくれた」

私も首のうしろが、すこし冷たくなった。

紐育《ニューヨーク》・雨

知らない土地で急に雨に降られるのは気の滅入るものだ。眺めのいい旅館の部屋で、雨に煙る山などを眺めながらぼんやり出来るのなら雨も悪くないが、街を歩き廻らなければならないときは、傘の用意はなし足許も濡れてくるのは有難くない。

これが外国だと尚更《なおさら》である。知った土地なら季節や空の具合からおよその見当もつくのだが、外国の場合は、もっと激しくなるのやら、すぐにあがるのやら皆目《かいもく》見当もつかない。

その日ニューヨークは三月の終りだというのに驚くほどの馬鹿陽気で、朝から二十度近くあったのではないだろうか。雲の重い湿り気を含んだなま温い空気は日本の梅雨の前と同じだった。マンハッタンの通りを歩く人は、毛皮のコートあり半袖のシャツありで、もしカメラで一枚の写真にとったら、自由と混乱とでも題をつけたくなるようなマチマチさであった。

昼から雨になった。

私は四、五人の男性方と、イースト・ヴィレッジのセント・マークスというあたりで雨宿りをしていた。自分が脚本を書いたテレビのロケに同行したのである。

このあたりは、ひと頃話題になったグリニチ・ヴィレッジやソーホーにかわって最近若い人に人気の出てきた一劃《いっかく》で、軒なみパンク・ファッションの店である。

黒や赤や紫の繻子《しゅす》地の上衣に、ビーズやスパンコールをくっつける。背中丸出し、片方の胸丸出しのドレス、お尻にハートの型抜きのあるパンツなどがウインドーにならんでいる。誰がどんなときにこんなのを着るんだろうと思いながら、店に入ると、出迎えてくださるお兄さんの頭は、リーゼントなどという生易《なまやさ》しいものではない。髪の毛全部が天に向って逆立つようなヘア・スタイルである。怒髪《どはつ》天をつくである。おネエさんのほうも物凄《ものすご》い。目は三倍ほどに黒く釣り上げた形に塗りたくり、眉の下は、まぶた一面に紫色のアイシャドウ、口紅は黒に近い色である。ニコリともしないで、妖しげな音楽に合せて体をゆすっている。

この店ではジョン・レノンとヨーコの濡れ場をプリントしたTシャツを作り過ぎたとみえ、半額セールで売っていた。奥の方には、日本の着物の古着がブラ下っている。昔、おばあさんやお母さんの着ていた振袖や着物、長襦袢《ながじゆばん》である。それも散々着古した色あせた安物である。テレビ映画「将軍」大当りの影響で、こういうものが流行しているらしいが、誰が着てどこから出たものが、誰の手に渡るのか、面白いものだと思って店を出た。

雨宿りをしている私たちの目と鼻の先で三人ばかりの若い街の天使たちも、上を見上げながら、雨を避けて立っている。

体格はいいが、みな十四か十五の少女である。一人は白のひだスカートに白のジャンパー、ソックスという幼いロリータ姿。あとの二人は、お尻まで割れ目の入った年増スタイルである。見ている前で一人のオニイさんがつかまり、腕を組んでパンク衣裳屋の二階にあるかなり傷《いた》んだ安ホテルの階段を上っていった。

「あの連中の相場は二十ドルですよ」

二十ドルといえば四千円である。少し安いような気がしたので、その旨《むね》感想をいうと、

「もっと下があって、五ドルというのもあります。ただし、六十過ぎの女性ですがね」

という。年齢で相場を割り出すと、私めなどはいくらになるのかと計算をはじめたが、数に弱いのでうまく出来ない。

一人の中年紳士が近づいて、これを買いませんかという。新品のねじ廻しなどの工具のセットである。十ドルでようざんすという。紳士は大きすぎる鼻のギリシャかイタリ

ア系らしい。盗品か倒産の品か知らないが、間に合ってますと辞退した。

この日は、よく物を売りつけられる日で、公衆電話をかけていたら黒人の老人がうしろから声をかける。傘を買わないかというのである。俄《にわ》か雨が降ると必ず出る人種だという。ニューヨークでは当り前の光景だそうだ。


このあと、ハーレム、サウス・ブロンクスを車で通った。黒人の多い、治安の極めて悪いところなので、車からおりないようにと注意されているところである。

半分腐ったようなアパートの軒下で、男たちが固まって別に何をするでもなくぼんやり立っていた。大人も子供も、みな、ムッとした顔をしていた。面白くないのだろうな、と思った。私でも、差別されて、こういうところに住めば、こういう顔になるだろうなと思った。

これが二時半頃である。そのあと、コロンバス通りで買物をした。品のいいしゃれた店がならんでいる。私はスカートを一枚買ったが、美人の女の店員は、私と応対する間も男の店員とふざけていた。二人は恋人同士らしい。客が入ってきて、買った商品に何かクレームをつけている。隣りの「デリ」とよばれる食料品店には五、六人の客がいて、ハムを切ってもらったり、品定めをしている。

どこにでもある眺めだなと思っておもてに出ると、雨は上っていた。そこで、つい二時間前に大統領が撃たれたというニュースを知った。

何かことがあると、街中が衝撃を受けているとか悲しみに包まれております、という形容を聞くが、私の見た限りでは全くそんなことはなかった。

生命に別状がなさそうだというせいもあったろうが、少なくとも街も人も普通にみえた。

私たちは、カーラジオをつけず、場所移動をしていたので知らなかったが、私の見たなかで、かなりの人はニュースを知っていた筈である。

にもかかわらず、黒人たちは格別興奮した様子もなくムッとした顔で立っていたし、若い男女は手をにぎりふざけ合い、主婦たちは真剣な目でハムの厚さをにらんでいた。

ホテルへ帰ったら、テレビの画面のキャスターたちはさすがにたかぶった声で現場の様子を伝えていたが、夜更けにいったイタリア料理店では、満員の客が旺盛《おうせい》な食欲をみせていた。レーガンとかヒンクリー・ジュニアという単語は聞えてこなかった。

次の朝、六時半にホテルの十七階の窓から下をのぞいた。パーク通り三十八丁目を、二頭の大型犬を引っぱった老人が歩いてゆく。昨日の朝と同じである。イースト・リヴァの河岸の方から、黒い小型犬を連れた女がくる。昨日の朝と別な色のセーターを着ている。それにしても同じ眺めである。

私は父が死んだ次の朝、いつもと同じように朝刊がきたとき、びっくりした覚えがある。何様でもあるまいし、市井《しせい》の名も無い人間が死んだところで、世の中、何も変りはしないのだ。

一国の大統領が撃たれても、人は同じように食べ、同じように眠り、同じように犬を散歩に連れてゆく。

七時半に、近くのグランド・セントラル駅へタイムスを買いにいった。読めはしないのだが、何となく買いたくなった。いつもより沢山《たくさん》部数を刷ったのだろう、新聞が山のように積み上げられていた。しかし、「飛ぶよう」に売れてはいなかった。

とげ

何気なく辞書をめくっていたら、「七厘《しちりん》」ということばが目に入った。土製の焜炉《こんろ》で関西では「かんてき」というらしいが、そのいわれが面白い。「物を煮るのに価七厘の炭で足りる意からという」とある。成程と感心してしまった。どこの何というかたのご命名かそこまでは広辞苑も面倒をみてくれていないが、なんとすばらしいネーミングであろう。いわれを知らず七厘七厘と気易《きやす》く呼んで使っていたのだが、七という数字、シチリンという音感、どこからみても完璧《かんぺき》である。

七厘を使って魚を焼かなくなって、もう二十年たっている。

両親のうちに同居していた時分は、けむい思いをして七厘に火を起し、うちわでバタバタやりながら味醂干《みりんぼ》しや秋刀魚《さんま》を焼いていた。魚だけでなく猫の尻尾まで焼いてしまったことがある。

その頃うちには向田禄《ろく》という雄の黒猫がいた。別に苗字はつけなくてもいいのだが、面白い奴だったので、供養のためにそう呼んでやっている。

禄はすこぶる食いしん坊で、私が七厘を台所の外に持ち出して魚を焼きはじめると、必ずそばへやってきた。尻尾をピンと立ててぐるぐると七厘のまわりをまわり、私にからだをこすりつけて、野太い声で、早くおくれよと催促した。

「あぶないじゃないか。火がついたらどうするの」

いつも左手で猫を追っぱらっていたのだが、或日心配は本当になってしまった。ピンと立てた尻尾に火がついたのである。

火がついたといってもいきなり火柱にはならず、チリチリチリと音がして、尻尾の外側に無数の小さな星というか火花が走った。小さなクリスマス・ツリーに灯《ひ》が入ったという感じだった。

「あッ」

とひと声。私は右手の菜箸《さいばし》をおっぽり出し、両手で錐《きり》をもむように尻尾の火をもみ消した。おかげで私の両掌は軽い火傷《やけど》で赤くなり、二、三日は不自由な思いをした。禄はそそけ立った情けない尻尾になり、しばらくは七厘のそばに来なかった。

次の年の夏のことである。

あけがた、布団の中でうとうとしていたらいきなり父の叫び声がした。

「大変だ。禄の尻尾に火がついてるぞ」

ギャオーという声がする。私ははね起きた。猫は恐ろしいうなり声と共に、うす暗い廊下を狂ったように走り廻っていた。尻尾が真赤になっている。

「水！　水！」

と叫びながら、気がついた。尻尾の赤いのは火ではない。蝿取りリボンであった。天井からぶら下った蝿取りリボンにじゃれついているうちに尻尾にからまったのである。

このときは火傷こそしなかったが、尻尾にからみついたベタベタのを取るのは大仕事で、猫は暴れるわ、蝿はくっつくわで、もう猫なんか飼わないぞと叫びながら、私はベンジンで尻尾を拭いていた。

この猫は、喧嘩好きなので、年中怪我《けが》をしていたが、具合が悪くなると必ず神棚にもぐり込んだ。

榊《さかき》を入れてある二つの瓶子《へいし》を下に蹴落し、あれは何というのか、ご神体を納めた白木の神殿のようなところへもぐり込み、直るまで水ものまず物も食べない。ただひたすら傷口をなめ、こんこんと眠って直してしまった。

ただ一回の例外は、とげであった。

このときだけは駄目で、私は膝の下に押えこみ、とげ抜きで前肢《まえあし》の爪の間に食い込んだ大きなとげを引き抜いた。このとき、痛かったのか、したたかに顔を引っかかれた。目と目の間に、小さな傷になって残っている。

祖母が生きていたら、とげ抜き地蔵のお札を飲まされたわねえと、うち中で話し合った。

とげというのは気になるものだ。

耐えがたい痛みというのではないが、チクチクと小さくうずき、気持まで引っかかってくる。特に出先でとげ抜きがないとき、皮膚の下にもぐってしまい、頭が見えないときは、小さな心配ごとをひとつ抱えているようで気にかかる。

私はいま、体のどこにもとげは刺さっていないのだが、気持のなかに小さくわだかまっていることは幾つかある。

例えば、去年のことだが、未知のかたからいきなり手帖が送られてきた。

電話番号や住所録などがついている日記型式のものである。そえてある手紙によると、公衆電話ボックスで拾ったのだが、一番上にあなたの電話番号と住所があったので、あなたの知り合いの人と思われるので送りますとある。

ご親切なかただと思ったが、これが見当がつかないのである。手帖には持主の名前が書いてない。のっている顔ぶれからみてマスコミ関係らしいが、どうにも探しようがなく、そのうち、私もなにかと忙しくなり、取りまぎれたまま、いまも持主不明の手帖は私の手許に——あると書きたいのだが、だらしがないので、どこかの抽斗《ひきだし》にもぐり込んでしまった。

困っているだろうなあ、落した人は、と思うと、チクリとする。

もうひとつは、ごく最近のことである。

この五月一日に放映になるテレビドラマ「隣りの女」を書き上げて、ニューヨーク・ロケに同行した帰りの飛行機のなかで、私は、プツンとなにか嚙み当てたような気分になった。

このドラマのなかで、私は珍しくラブシーンを描いた。桃井かおり扮する人妻が、アパートの隣りの部屋の、スナックのママ、浅丘ルリ子のところに通ってくる男、根津甚八の情事の声を聞いてしまう。聞かれたと疑った根津が桃井を誘うシーンで、歩きながら、男は甘栗を女の口のなかに押し込む。二つ三つと押し込まれて、女は次第にたかぶってくる。

実は私にも似た体験が、と言いたいのだが、そんな色っぽいものではない。昔、スキーにゆき、ゲレンデから帰る途中、あれは湯沢だったたか、男の子が饅頭《まんじゅう》を買い、女の子の口にひとつずつ押し込んでくれたというだけのことである。こういうしぐさは、妙に人と人を狎《な》れ狎《な》れしくさせるものだなと記憶に残っていたのだろう。ひょいと思い出して使ったのだが、この場面は、何かで読んだことがあったのではないかと気になり出したのだ。

何年前だったか。小説ではなかった。小さなPR誌かなにかだった。左ページの上のほうにあったような気がしてきた。あ、似たようなことがあるんだな、と思ったのを思い出した。それがたしか甘栗だった。とげのように気持のなかにもぐり込んでいたとすれば、その方にお礼というかご挨拶をしなくてはいけないと思うのだが、どうにも思い出せない。

テレビをごらんになって、あ、と思い当るお方がおいでになったら、ぜひご一報ください。とげの抜けたときのすっきりした気持を味わいたいのです。ところで、とげを抜くのに一番いいのは、セロテープをくっつけることである。とげはセロテープにくっついて、スッと抜ける。二十年前に知っていたら、顔に傷をつくらなくても済んだのである。

軽 麵

女学生の頃からレオナルド・ダ・ヴィンチという人が嫌いだった。

天才的な画家で建築家で彫刻家で、おまけに詩人で思想家で、もひとつ工業・理学方面にも造詣《ぞうけい》が深かったなんて、到底一人の人間とは思えない。自画像のデッサンを拝見すると、自惚《うぬぼ》れてよく描いたわけでもないだろうが端麗な美男である。非のうちどころがないというより面白味がなくて憎たらしいのだ。

坊主憎けりゃ何とやらで、ルーブル美術館で、この人の「モナ・リザ」が、金モールの枠で飾られ、特別扱いになっているのを見て、ますます嫌いになった。ゴヤやベラスケスに対して失礼ではないか。これは差別ですよ、と酒の席でいきまいたことから、モナ・リザのはなしになった。

「あれ、はじめはまつ毛があったんだけど塗り直してるうちに無くなったらしいわねえ」

　と私が知ったかぶりを披露《ひろう》したことから、彼女はどんな衣裳を着ていたかということになった。

「青じゃなかったかな。海みたいな深い色の」

「いや、臙脂《えんじ》だな。臙脂ビロードでひだの多いやつ。間違いなし」

　青と臙脂は二手にわかれ、それぞれ譲らない。

「衿元《えりもと》はどうなっていたかしらねえ」

「Vネックだったな。それもかなり深いやつ」

「あのモデルはジョコンダ夫人か？　上流の貴婦人だろ。そんなはしたない真似はしないだろ。もっと品のいい――」

「品のいいのは判ったけど、どういう衿だよ」

「衿なしだな、たしか」

　衿元も丸だ三角だとひと揉《も》めしたあげく、話題は耳になった。

「あの人、たしか貧乏耳よ。幸せの薄そうな薄くて小さい耳してたわねえ」

　と私が発言した。

「妊娠中って説もあったから、亭主が浮気でもしていたんじゃないか」

「それで寂しそうなんだ」

あれこれ意見が出たが、美術全集をひっぱり出して見たところ、衣裳は焦茶色《こげちゃ》。衿元は大きくあけた丸型。耳は髪にかくれて見えなかった。それぞれが「私のモナ・リザ」を描いていたのである。

はなしはモナ・リザからカルメンに飛んでいた。

カルメンが最初に登場する場面である。

「昼休みだか夕方の退《ひ》けどきか忘れたけど、とにかく煙草工場から女工たちと一緒に冗談を言いながら出てくるのよ」

「そうそう。バラの花を口にくわえてね」

「え？　バラの花くわえるのはもっとあとだろ。オレ、煙草くわえて出てきたと思うけどな」

「煙草じゃないわよ。オレンジよ、バレンシヤ・オレンジ」

「煙草だろ」

「オレンジですよ」

からはじまって、衣裳になると、もうマチマチである。

ジプシー風の赤のワンピースに黒のレースのストールを羽織っていたという者、上は白の肩の出たブラウス、下は赤のスカートというのもあった。足は裸足《はだし》説とサンダル説が二手に分かれた。

　といったところで、実在のカルメンがいたわけではないから、みな映画やオペラでみた印象でしゃべっているわけである。

　カルメンの姿かたちになると、もうマチマチで、ヴィヴィアンヌ・ロマンス、リタ・ヘイワース、マリア・カラス、斎田愛子にリーゼ・スティーブンス――つまり自分の見たカルメンのイメージを言い張って譲らない。

　ドン・ホセのほうも賑やかで、ジャン・マレエ、タイロン・パワー、藤原義江《よしえ》を足して三で割った、モンタージュの手配写真のようなドン・ホセがみなの胸の中に住んでいるらしい。そして、不思議なことにホセの声のほうは藤原節が圧倒的に多かった。

「格好いいんだよなあ、ドン・ホセって、黒に緑の軍服着て、腹の廻りに赤いサテンてのか、光る幅広い布の腹巻みたいの巻いてさ」

「バカ。お前フラメンコの踊り手とごちゃまぜにしてんじゃないのか」

「フラメンコじゃなくてブドウ酒祭りかなんかの宣伝のやつだろ」

「そうじゃないよ。闘牛士のエスカミリオとまざってンだよ」

「エスカミリオっていえば、ドン・ホセの恋人で可愛いのがいたな」

「ミカエラです」

「あの娘の衣裳が可愛かったじゃないか。白い帽子と白いブラウス、黒いチョッキに幅の広いスカートで花入れたカゴ持って木靴はいてんだよ」

「オランダの水車小屋の女の子じゃないか。お前、チョコレートの箱の絵と間違えてるな」

「チョコレートはスイスだろ」

「オランダにもあるだろ」

もう滅茶滅茶《めちゃめちゃ》である。


人間の記憶というかイメージというのは十人十色である。

同じメリメの小説を読み（ただしほとんど忘れているが）ビゼーの音楽を聞いていて、これだけ違うのである。

昔、映画がまだなかった頃は、一人一人がもっと別のカルメンやドン・ホセを持っていたに違いない。自分の恋人や近所の美しい娘をモデルにして、それに自分のイメージをつけ加えたカルメンやホセである。

映画やオペラを見ることで、私たちのカルメンは、幾つかのパターンになってしまった。

これも聞いたはなしだが、アメリカでは日本ほどカルメンは当らないという。英語読みでカーメンと発音するので運転手ということになってしまい、カルメンの持つ神秘性が減ずるのだという。

そういえば、友人でカルメンというと素麺《そうめん》を食いたくなるというのがいた。どこでどう脳味噌の中に忍び込んだのかカルメンというと「軽麺」という字が浮んできてしまい、追っても追ってもついてくるのだそうだ。

そのはなしをしたところ、みな急に素麺が食いたくなったと言い出し、私は台所に立って素麺をゆでる破目になってしまった。いま凝っているのは梅素麺といって、つけ汁のなかに梅干と青ジソを入れたものである。

前回「とげ」と題するなかで、歩きながら男が女の口に甘栗を押し込む場面についてのうち、どこかでチラリと見たようだ、しかし思い出せないで困っていると書いたら、沢山《たくさん》の手紙や電話を頂戴した。

作者は吉行淳之介氏であった。

え？　と仰天《ぎょうてん》し、さすがだなあ、と自分の迂闊《うかつ》を恥じながら溜息をついております。

男殺油地獄

アボット＝コステロの二人組、などというとお年が知れて後妻のクチに差支えるのだが、私はこの人たちのおかげで外国語をひとつ覚えることが出来た。

覚えたことばは、コレステロールである。今でこそ大威張りでまかり通っているが、ひと昔前までは耳に馴染《なじ》みのないことばだった。食べ過ぎておなかの廻りにつく脂肪みたいなものだと習ったので、この大デブ小デブに似た名前と覚えたのである。どっちがアボットでどっちがコステロか、何べん聞いても覚えなかったが、おかげでコレステロールはいっぺんで覚えることが出来た。

どこで聞いたはなしか忘れたが、老人が、

「昔はよかった。血圧なんてものも無かったからねえ」

と言ったというが、コレステロールもその仲間であろう。血圧にしろコレステロールにしろ、人類発生のときからあったのである。ただし、自分の力で獲ったものしか口に入らなかったから、一日のうちに、エビもカニもマグロのトロもウニもレバーも、たらこも食べるということはなかった。したがって、血圧もコレステロールもほどよいところにあったのに違いない。

ある会社の要職にある人と会食をしたことがあった。フランス料理だったが、そのかたはおもむろにメニューをひらき、前菜にはじまりスープ、肉料理、デザートと、コースにしたがって注文をした。そのかたのお招きだったから、私たちも大体それにしたがって好みを言った。

ところが、全員の注文を聞いてボーイが引き下ろうとした寸前に、そのひとは、

「うむ。そうだ」

忘れていたが、おひるが遅かったんだ、と頭を掻《か》いた。

「申しわけないが、ステーキはトバしてサラダだけにしてよ」

そのかたはデザートのお菓子も、ほんのひとさじ、嘗《な》めただけで、ほとんど手つかずで皿を下げさせた。

「こうやって、しのいでいるんですよ」

あとの打ちあけばなしで、こう白状しておいでになった。

主人側が、サラダだけでは、招いた客側が注文を差しひかえる。そこで、まず、自分も充分に注文し、客のオーダーが出揃ったところで、ひとりだけさっと変更する。いいわいいわで昼晩と会食をしていると、コレステロールの数値は、あっという間に三百を越えるそうである。

戦前の日本人は、こんなに脂を摂《と》らなかった。

テカテカピカピカしているのは、頭のポマードとチック、それから靴墨ぐらいだった。食事の皿小鉢にしても、油ものはすくなかったからさっと水で洗うだけで事足りた。たまにテキやすき焼き精進揚《しょうじんあ》げのときに、亀の子だわしに磨き粉をつけてゴシゴシやるくらいだった。

「今晩は油ものだから、お勝手が大変だ」

と祖母が愚痴をこぼしながら、皿小鉢の糸底に油をつけないように用心しいしい洗ったり、こめかみに癇筋《かんすじ》を立てながら、ささらを使って流しを磨いていた姿を思い出すことが出来る。

子母澤寛《しもざわかん》氏の聞き書きで『味覚極楽』という本がある。

絶滅に瀕している昔なつかしい東京ことばが、みごとに書きとめられている名著だが、そのなかで、ある歌舞伎役者が鰻を食べたときのセリフがいい。

「鰻をやりますと、頭がハキハキしてまいります」

といっているのである。

常日頃は、菜っぱの煮びたしだの豆腐、せいぜい焼魚に煮魚くらいだから、たまに鰻を食べると、脳ミソから目玉まで潤滑油が廻ったように思ったのであろう。

うちの祖母なども、すき焼きやトンカツを食べた翌朝は、

「なんだか手がスベスベになったねえ。雑巾《ぞうきん》しぼってても水弾きがいいような気がするよ」

と言っていた。

うちではそこまではしなかったが、すき焼きをする場合は、神棚の前に半紙を下げて、神様にご免をこうむっていたうちもあったらしい。

粗食のせいであろう、脂の足りない子供が多かった。

手足は白く粉を吹いてひび割れていた。先生はそういう子によく肝油をのませていた。

「ハリバ」

というのが流行《はや》っていた。

祖母や母は、胡麻油や椿油を、それこそ、いまの香水やオーデコロンよりも大切に使っていた。一滴でも台所の土間や鏡台の上にこぼしでもすると、勿体《もったい》ながって手や足の踵《かかと》に摺《す》り込んでいた。

マリファナなどとおっかない思いをしなくとも、ひと月ぐらい菜っぱで我慢して、ごくたまに鰻やてんぷらを食べたら、目に見えて頭がハキハキして物事が新鮮に思えるかも知れない。

ついでに恥を書くと、私はアブラハムという名前を聞くと、どうしても、おなかの廻りにポテンと脂肪のついた男を想像してしまう。

聖書を飛ばし飛ばし、斜め読みした（どうにか人並みに目を通したのはマグダラのマリアあたりだけである）罰当《ばち》りな人間のせいもあるのだが、戦争直後の食べもののない時期によく食べた鯨のベーコンなどが、この偏《かたよ》ったイメージを私に植えつけてしまったのではないか。もうひとつ言わせていただくと、ヤコブ、という人は、背中の丸い、ノートルダムのせむし男のように思える。

私にとっては、油ハムと八瘤《ヤコブ》なのである。

脂が多くなったのは食べものだけではない。

昔は床や畳なども、おからや茶がらで拭いていたが、いまはワックスである。

糠《ぬか》袋やヘチマの水で磨いていた肌も、コールドクリームである。

ワックスで磨き立て、石油で走る車に乗り、脂っぽい化粧の女たちに取りまかれて暮していると、口からでなくとも脂肪分を吸収してしまうのではないか。

それだけではまだ足りずに、石油問題などで余計な心配をしているから、鼻の頭の脂の浮きもいつもより多くなっているような気がする。

いまは文明は油であり脂であるらしい。脂汗を流して働き、働いて得たお金で脂を得、体に取り込んで寿命を縮めている。

近松門左衛門世にありせば「男殺油地獄」を書き、パルコは西武劇場あたりで大ヒットさせていたに違いない。主演は失礼ながら小林亜星氏あたりにお鉢がまわりそうである。

お手本

野球をする猫がいる。

アメリカ文学の翻訳家であるS氏のお宅の仔猫である。

彼だか彼女だか、そのへんは聞き洩《もら》したが、このチビが、テレビで野球中継がはじまると、画面のすぐ前にとんでゆく。

ピッチャーがタマを投げる。とたんにチビ猫はパッと画面に飛びつき、前肢《まえあし》を合せるようにして、タマを獲るしぐさをするというのである。

このお宅は猫好きで、いつも十匹から二十匹の猫がいる。何十年もこの有様だから、今までに飼った猫は大変な数にのぼると思うが、野球をする猫はこれ一匹だったという。

突然変異というか、不世出《ふせいしゅつ》の天才猫だったのかも知れない。

天才猫には及びもないが、うちの猫もキャッチボールをする。

書き損いの原稿用紙を千切り丸めてうずらの卵大の紙のタマをつくり、ほうり投げると、くわえてもどってくるのである。

このくらいのことは、たいがいの飼猫はやるしぐさだから、得々として書くことはないのだが（犬だってやるぞ、という声も聞えてくる）、世の中には動物は一切飼わない、生態など知らない、というかたもおいでになるので、しばらくご辛抱《しんぼう》を願います。

タマをほうるとき、はじめのうちはこちらも面白がって遠くへほうってやるが、だんだん面倒くさくなってくる。腕だってくたびれてくる。いい加減にやめたいと思うのだが、猫は紙ボールをくわえてきて机の上に飛び上り、原稿用紙の上に置き、私の目を見つめてじっとすわっている。知らん顔で鉛筆を動かしていると、わざと原稿用紙の上に寝そべったり、ひとのあごの下に軽い頭突きをくらわせたりして、遊んでくれと催促をする。

仕方なくまたほうるのだが、こうなるとお義理なので、タマはほんの二メートルほどしか投げてやらないことになる。

ところが、この平凡なタマに、猫は実にドラマチックに躍りかかる。

まず、私がタマを投げるべく身構えると、猫は姿勢を低くして、お尻を左右に振る。テニスの選手が、相手のサーブを待つあのしぐさにそっくりである。

タマをほうると、猫はタマよりも大きくジャンプする。自分の前肢でタマを大きくはじき飛ばす。

「ウワッ。大変なタマだ。オレ、取れないかも知れないぞ」

「こりゃむつかしい！」

口が利《き》けたら、こう言っているようにみえる。

派手にでんぐり返ったり、わざとしくじったり、空中でくわえてみせたり。やらなくてもいい超美技を演じてくれるのである。

自分でも気がつかないうちに、体がはしゃいでしまうのであろう。こういうとき、猫の目はらんらんと輝いている。惚れ惚れするほど美しいからだの線をみせてくれる。そして滑稽《こっけい》なほど真剣である。

こういう場面はどこかで見たことがある。誰かに似ていると思ったら、長島選手であった。


動物のしぐさをみていると、なるほどと教えられることが多い。

オス猫はメス猫より体もひと廻り大きく力も強いのだが、餌を食べるのはメスが先なのである。

仔猫がいるときはまず仔猫。次がその母親であるメス猫。オスは、

「オレ、なんか食欲ないなあ」

という感じで、少し離れたところで寝そべっている。

全員が食べ終ると、ゆっくりと起き上り、

「じゃあ、オレもつき合うか」

ゆとりを見せて近寄り、ガツガツと咽喉《のど》を鳴らし、泡くって食べてつっかえたりしながら食べるのである。

メスが食べているときに顔を突っ込み、いきなり前肢で横っ面を張られている場面を見たことがあった。


ラジオの台本を書いている時分にお世話になった印刷所で、文鳥を飼っていた。

印刷所といっても、姉妹の中年女性ふたりでやっている小ぢんまりしたものであったが、あるとき、そこの女主人が妙にしんみりしている。

文鳥が死んだという。

旅行が一日長びいて、帰ってきたらオスが落ちていた。メスは生きていたから、恐らく乏しくなった餌をメスに食べさせ、自分は飢えて死んだんでしょう。そういうところのある鳥でしたと、その人は涙ぐんで話してくれた。

うちに出入りしていた表具師で、野鳥を飼うのが道楽という人がいた。

五十がらみの口数のすくないひとだったが、出入りするようになってかなりたってから、マムシのはなしを聞いた。

野鳥をとりにいったとき、猟師から一匹のマムシを手に入れた。素人《しろうと》じゃ飼えないよ、といわれたので意地になり、持ってかえってきたというのである。

逃げ出したりしたら大事《おおごと》だから、金をかけて檻《おり》をつくった。生き餌《え》しか食べないし、第一、餌つけは非常にむつかしいと聞いたので、専門家のところへ足を運んでアドバイスを受け、手をかえ品をかえて生き餌を与えたが、マムシは見向きもしなかったという。三月目に、マムシは冷たくなっていた。爬虫類《はちゆうるい》はもともと体が冷たいのだから、この言い方は適当ではない。つまり死んでしまったのである。

恐る恐る檻をあけたら、素麵《そうめん》くらいの子マムシが二匹、母マムシのそばで固くなっていた。

マムシは人間の与える餌を拒絶しながら、なかで出産していたのである。

「涙がこぼれたですよ」

骨太な手にしてはやわらかいしぐさで軸を巻きながら、その人は、つけ加えた。

「急に野鳥を飼うのが嫌になりましてねえ。みんな放してやりました」

私は巳年である。

蛇は大嫌い。気持が悪いと言う人がいると、私はこのマムシのはなしをしてやる。

「このプライドは人間のお手本よ」

得意になっていたら、こう言い返された。

「でも、あたしなら、節《せつ》を曲げて餌を食べるな。母子心中しちゃ子供が可哀そうじゃないの」

西洋火事

どこかで目覚しが鳴っている。

隣りのうちにしては音が大きい。鳴りかたもしつこいし、いやに押しつけがましい。うるさいなあ、と思いながら、耳から先に目が覚めた。

自分の部屋ではない。天井も高いし立派である。そうだ、ニューヨークに来ているんだ。立派なのは当り前で、格式のある一流ホテルである。それにしても、うるさい目覚しだ。ドアの外から聞えるところをみると向いの部屋らしい。

肉を食っている人種は、体もでっかいが目覚し時計の音も大きいなあ、というところで、ちょっとおかしいぞと気がついた。目覚しにしてはしつこい。

非常ベルだと気がついて、私ははね起きた。ドアをあけると、廊下は何の異常もないが、相変らずベルは少しのんびりと鳴っている。向いのドア、隣りのドアがあいて、寝巻姿の外人の夫婦が首だけ出してキョロキョロしている。

「どうかしたんですか」

と私に聞くが、私だってさっぱり判らない。

「火事じゃございませんか」

気取ってこう言ったつもりだが、私めの英語だから、あてにならない。

私などとはくらべものにならないくらい英語のお上手な随筆家の秋山加代さんの英語でも、ご主人に「誠に恐れ入りますが、手前、なんとかしてくれやがれ」式の英語だとからかわれたそうだから、私ごときは、

「火事だろ」か「火事じゃねえかな」

と言っていたかも知れない。

外人夫婦は、早口になにやらまくしたてているが、こうなると私には見当もつかない。ホテル側の誘導もなにもないので、私は室内にもどり、手早く洋服を着た。靴下をはき靴をはき、パスポートとお金の入ったハンドバッグを肩にかけ、廊下に飛び出した。朝の七時だった。

ちゃんと電気もついている。煙も見えず焦げ臭い匂いもしない。私は六階の角部屋である。うっかり非常口を聞いておかなかったが、この分では普通の階段で大丈夫そうである。五十メートルほど廊下を小走りにゆき、エレベーター横の階段へ出た。途中二つ

三つのドアが半開きになっており、何か叫びながら着替えをしている男女の、タプタプした白い裸がチラリと見えた。

階段で、外人の中年夫婦と二人の子供が一緒だった。子供は一人はねぼけ、一人は面白がってはしゃいでいた。同じ階にテレビ局のプロデューサーとディレクターが泊っているが、彼らは屈強の男性である。

避難をしたに違いないと思い、声をかけずに一気に一階までかけ下りた。途中で非常ベルはとまったようだった。

下のロビーには、三人五人と泊り客が集まり、五十人ほどになった。どうやら非常ベルが鳴ったのは六階だけらしいが、ホテルからは一言の説明もなく、従業員はウロウロするばかりで、さっぱり要領を得ない。フロント係も何か聞かれると返事に困ると思うのか、絶対に立ちどまらず、口々に質問する客の間を、短距離ランナーの如《ごと》くかけ出している。

何があったか判らないが、もう大丈夫だ。安心したせいか、やっと廻りの人々の姿が目に入った。

女の客は十人のうち七人までが、毛皮のコートを引っかけていた。ネグリジェの上、パジャマの上に、ミンクやリンクス（大山猫）を羽織っていた。一月の末のニューヨークでは、毛皮は生活必需品である。

ところが、お父ちゃんにまでは手が廻らないとみえ、男のほうは、ガウンである。それも案外安物で、ちょっと値のはる絹のは二人ほどであった。哀れというか、天晴《あっぱ》れというか、みごとなのは子供たちで、こちらはガウンはなし。申し合せたように、パジャマの上にホテルのネームの入ったバス・タオルを引っかぶっているのには感心してしまった。

感心してから気がついた。実は、私も初のアメリカ旅行ではあるし、寒いと聞いていたので、レインコートの裏に毛皮を張って持っていった。ところが、着つけないものだから、部屋に忘れてしまった。そこへゆくと、外人の女は、足許はハダシでも、まず毛皮である。

なるほどなあと感心してから、わが仲間が居ないことに気がついた。昨夜、打ち合せで遅くなったので、目が覚めないのか、それとも寝たばこでもして火元になっているのではないだろうか。

私は、館内電話に飛びつき、ダイヤルを廻したが、交換手がどうしたのか、うんともすんとも応答がない。

気をもんでいるところへ、消防車が到着して、五人ほどの消防夫がとび込んで来た。

ニューヨークの五番街である。セントラル・パークのすぐ前の、日本なら帝国ホテルという感じのホテルである。銀色の化学消防服に身を固めた消防夫を考えるが、これが、実に古典的な刺子《さしこ》姿なのだ。

黒に近い濃紺に黄色い線が三本入った刺子風の上衣に、下はブーツ。酸素ボンベを背負って、トビ口を持っている。ただし五人とも雲つくような大男だった。エレベーターで六階へ上っていった。

火事ではないらしいな。非常ベルの故障らしいと見当がついた。客も安心したのかソファに坐ったりして冗談を言い合っている。勿論《もちろん》冗談の中身は、私には判らない。

ここでもうひとつ、気がついた。

五十人ほどの避難客のうち、一応キチンとした格好をしているのは、三人だった。私と、中国人らしい中年の男と韓国人らしい若い男である。東洋人にとって、アメリカはやはり晴れの舞台というか、緊張する外国なのだ。私だって、箱根やバンコックならパジャマで飛び出したかも知れないなと思った。

消防夫が下りてきた。やはり非常ベルの故障らしい。客に取りかこまれたフロント係が何やら低い声で、説明をしている。早口の、一回だけの説明で、フロント係はまた風のように居なくなった。

「お静かに部屋にお引きとり下さい」

というようなことを言っていたようだが、謝罪の言葉はなかったようだった。

私はエレベーターで、六階にもどり、少し離れているプロデューサーたちのドアを叩いた。

赤イワシみたいな目をしたディレクター氏が顔を出した。なにも聞えなかったという。

「非常ベルの故障といわれたあと、本当に非常ベルが鳴った川治《かわじ》温泉の例もあるから、今度鳴ったら逃げなさいよ」

私は演説して、自分の部屋にもどった。張り切った分だけアホらしくなったが、日本へ帰ったら、ちゃんと英会話を勉強しようと思った。買物で値切ったりレストランならなんとかなるとたかをくくっていたが、一朝事《いっちょうこと》あるときの、つまり火事などの際必要な言葉は、何ひとつ判らないし、聞きとれなかった。もし本ものの火事だったら大変だった。心底そう思ったのだが、あれから三月たっているのに、まだ会話の本も開いていない。地震雷火事おやじには、日本語でお目にかかりたいと思っている。

あ、やられた

子供の頃、私は卵が恐かった。

朝の食卓で卵を割ったら、雛《ひな》にかえりかけたのが中からあらわれたからである。勿論《もちろん》お亡くなりになっていたが、自分のお椀のなかで、目玉やクチバシや白い羽根のようなものが出来かかったのが半透明なゼラチン質のなかに漂っている図の恐ろしさといったらなかった。

それ以来、どうも根本的に卵というものを信用していないところがある。昔の地玉子と違ってこの頃の鶏たちは、雛のうちから男女ケージを同じうせずに育てられるわけだから、無精卵である。ポンと割ったらギャアというようなことは絶対にないのだが、いまでも私は、卵のカラに針で穴をあけて、中の卵だけを吸い出して飲むというやり方が出来ないでいる。大げさにいえば、卵を割るときは、恐さを我慢して、身構えているところがあった。

あったと過去形で書いたのは、卵よりももっとおっかないものが出来たからである。卵を入れるプラスチックのケースである。


卵を買うときはおひる過ぎにする。

買物の都合で、午前中に卵を買ってしまったときでも、ケースを開けてなかの卵を取り出し、冷蔵庫の卵ケースに納めるのは午後からにする。

何故《なぜ》かというと、私の場合、午前中は手が眠っているからである。

血圧が低く、夜型なので、午前中は頭も体も完全に覚め切らず、どこかぼんやりして注意力が散漫である。ひとり暮しなので朝寝も出来ず、人並みの時間に起きてはいるが、大事にしている壺の水の入れ替えなどは必ずひる過ぎて、目はパッチリ、指の先に神経が行きとどいてからの仕事にしている。

卵のケースの場合もそれと同じで、午前中にやって手ひどい失敗をしたことがあるからだ。

まずプラスチックのケースをとめてあるホチキスをひとつひとつ外すのが難事業である。ホチキスは、弾力のあるプラスチックに、意地悪く食い込んでいる。そう簡単に外れては運ぶ途中で卵がこわれてしまうのだろうが、それにしてもしっかりと食い込んでいる。私は洋裁に使う目打ちや錐《きり》を出して奮闘するのだが、ホチキスに気をとられていると、卵のほうをつぶしてしまったりする。なにしろ、この頃の卵はカラがやわらかい。私はぜひ一度、卵のケースを考えついた方に、ホチキスのとり方の模範演技をみせていただきたいと思っている。

さて、やっとホチキスが外れて、次は一ダースなり八個の卵を移す作業である。このとき、ケースの端からやると、失敗することが多い。最後のひとつを取ろうとして、空《から》になったプラスチックの軽みというか重さにバランスを失して、ケースごとでんぐり返り、卵は床に落ちて割れてしまう。割れた卵というのは、非常に掃除のしにくいものでビニタイルの床にしつこくくっつき、何度も拭いたから大丈夫と思うと乾いてからカパカパになったりして、忙しいときは泣きたくなってしまう。

無事、一ダースの卵が冷蔵庫に移動出来ても、ここで安心をしてはいけない。ホチキスのとめ金が落ちていないか、よく足許をたしかめなくてはいけない。

私は、一年中裸足《はだし》で暮しているせいか、二、三度、ホチキスのとめ金を踏んでしまい、痛い思いをした。卵ひとつ食べるのも、苦労がいるのである。

ホチキスばかりを目の仇《かたき》にするようだが、どうも私は相性が悪いとみえて、何度もひどい目に逢っている。

クリーニング屋から返ってきたばかりのパジャマを着て、ベッドに入り、うとうとしたら、背筋をチクリとやられた。ノミや蚊にしてはしつこい痛みである。第一、冬場にこんなものが出るわけはない、と起き上って調べたら、クリーニング屋でネームをつけたときのホチキスの取り残しだった。

クリーニング屋の手落ちではない、私のそそっかしさが原因で、誰を責めることもないのだが、昔、針と糸でネームをくっつけていた頃は、はずすのも面倒だった代り、夜中に起き上って、背筋を点検することもなかったなあと考えたりした。

ホチキスに限らず、私たちは、便利になった分だけ、小さい生活用品にしっぺ返しをされている。

サラダ油や醤油《しょうゆ》、酢などのプラスチックの入れものの、口のところの型式は、メーカーによって、いろいろである。

ぐるりとプラスチックの帯が巻きつけてあり、引っぱれと矢印のついているものもあれば、外ブタをはずすと、出臍《でべそ》のような取手《とって》が飛び出しており、そこを引っぱれと書いてあったりする。

ご指示にしたがって、引っぱるのだが、私のやり方が悪いのか、半年に一度くらいの割合で、手に小さな傷をつくってしまう。

プラスチックのカエリ、小さなギザギザを取っていないことが多いので、それでやられることもある。

もともと刃ものではない、切れ味の悪いもので手を切ったときのケガは小さくても意外に痛いもので、直りもおそい。

一度だけだが、醬油のフタについている出臍をひっぱったところ、はずみで中の醬油が飛び出して、目の中に飛び込んでしまった。

その沁《し》みたことといったらなかった。すぐ直後に人と逢う約束があり、いい年をして泣いたように思われるのがきまりが悪いので、弁解に汗を掻《か》いたことがあった。

ビニールでも、私はきまりの悪い思いをさせられている。

かなり前のことだが、有料喫茶というのがあって、一時間五十円だか百円払うと、何時間いても追い出されないところがあった。そこに入りびたって勤めながら内職にラジオや週刊誌の原稿を書いていたのだが、寝不足のせいかうつ伏して眠ってしまったことがある。

気がついたら、私は、おでこから片頰にかけて、バラの刺青《いれずみ》が出来ていた。ビニール製のテーブル敷きが、バラの型抜きになっていたのだ。そこに顔を押しつけ、暑さでゆだりながら眠ったのだから、条件が整っていた。

このときのバラの刺青はなかなか消えず、私はウェイトレスに蒸しタオルを作ってもらい、蒸したり冷やしたりして、何度も手洗所の鏡をのぞいていた。

動物園に月曜病というのがあると聞いたことがある。日曜に家族連れがどっと入園して、面白がって動物に餌をやる。動物はつい食べすぎて、体調を崩すので、月曜病というらしいが、なかでも頭痛のタネは、ビニールの袋を食べてしまうことだという。便利なものにやられているのは、人間だけではないのである。

味噌カツ

東海道新幹線で岐阜羽島駅をおりると、嫌でも駅前広場の某政治家夫妻の銅像が目に入ってくる。

私は夫妻ということにびっくりしてしまった。

某政治家が、選挙区である羽島に新幹線を停めるのに力があったことは聞いていたが、銅像が建つところをみると、夫人のほうも貢献しているらしい。

令夫人も一緒というのは、文化勲章などを受けたときの宮中参内《さんだい》や園遊会のときぐらいかと思っていたが、夫妻揃《そろ》って銅像になるという例もあるのだ。

それにしても、あちこちの銅像を考えてみても、夫妻一緒というのは寡聞《かぶん》にして知らない。楠木正成《くすのきまさしげ》も太田道灌《どうかん》も一人で建っているし、外国の例を考えてみても、スエズ運河をひらいたレセップスにしても、運河のほうに忙しくて独身だったのか、やはり単身である。

お供がくっついているのは、サンチョ・パンサを連れたドン・キホーテと、犬を連れた西郷サンだけである。

そう考えると、岐阜羽島駅の夫妻の銅像は、男女同権そのものとして世界に冠たる劃《かっ》期的《きてき》なものかも知れないと感心をした。

駅前でタクシーをひろい、岐阜市へ向って走ると、もうひとつ目につくものがある。

「味噌カツ」

という看板である。


「味噌カツ」

「味噌カツ定食」

一軒や二軒ではないのである。次々に通り過ぎるスナックや食堂のほとんどにこの看板が出ている。

「味噌カツってなんなの」

運転手さんに聞いてみた。

「お客さん、味噌カツ、知らないの」

運転手さんは二十三、四の若い人だったが、物を知らないねえ、という風な笑い方をした。

「簡単なもんだよ。カツの上に味噌のたれがのっかってるだけだよ」

「おいしそうねえ」

「うまいよ。第一、匂いがいいしさ、カツだけよか飯は倍いくよ」

お客さん、どこから来たの、と聞き、

「そうか。東京の人は味噌カツ知らないのか。そういやあ、よその人間、みんな知らないなあ。この辺だけのもんかなあ」

そういいながら走る間にも、一、二軒の味噌カツの看板が目に飛び込む。

私は、もうすこしのところで、

「停めて頂戴《ちょうだい》」

と言いそうになった。

停めてもらって、味噌カツというのをたべてみたいと思ったのだ。新幹線の食堂で、あまりおいしくない昼食を済ました直後だが、ひと口でもいいから食べたい。

だが、雑誌の取材の仕事で行っているので、先方の旅館で岐阜名物の食事の用意があるらしい。

我慢をして走り過ぎ、あとは決められたスケジュールにしたがって、名物料理の鮎などを頂いたわけだが、おいしく頂きながら目の前にチラつくのは「味噌カツ」の四文字なのである。

食事前のひとときに、喫茶店で休むと、バスの運転手さんらしき人が、味噌カツ定食を食べておいでになる。

なるほど、カツに黒い味噌のタレがかかっていて、油と味噌の一緒になった香ばしい匂いがプーンとしてくる。

「ああ食べたい」

生唾《なまつば》を飲みながらお預けをくらい、私がやっと味噌カツにありついたのは、二日間の日程を終え、新幹線にのる直前の岐阜羽島駅内の食堂であった。

おいしかった。

八丁味噌にミリンと砂糖を加え煮立たせたものを、揚げたてのカツにかけただけだが、油のしつこさを味噌が殺して、ご飯ともよく合う。

これぞ餡《あん》パンに匹敵する日本式大発明、いまに日本中を席巻《せっけん》するぞと期待しながら東京へ帰ってきた。

ちょうど去年の今頃のことである。

あれから一年たった。

気をつけているのだが、一向に味噌カツの名前を聞かない。

どうも、流行《はや》っているのは、岐阜一帯で、それより西へも東へも伸びていないらしい。フラフープやダッコちゃん、ルービック・キューブのように、アッという間に日本中に流行るものもある。

いいなあ、面白いなあ、というものでも、さほどひろがらないものもある。どこに違いがあるのだろうか。

随分前のことだが、バンコックに行ったときは、カラータイツが大流行していた。夏の盛りだというのに、若い女はみなカラータイツをはいていた。日中は三十五度から四十度になるというのに、涼しい顔をして、足首までキッチリとおおったタイツ姿で往来を歩いている。こっちはムームー姿でぐったりとしているというのに、流行というのは何と偉大なものかと感動したが、次の年に行った人に聞いたところ、「やはりあれはスタレたようですなあ」ということだったから、涼しい顔はおもて向きでやはり汗疹《あせも》など出来たのかも知れない。

バンコックでカラータイツがはやって、どうして東京で味噌カツがはやらないのだろう。

やはりテレビで、松田聖子やタノキンの連中が、味噌カツの歌でも歌ってくれないと駄目なのだろうか。

現代は、歌とファッション、テレビの人気者、ＣＭがくっつかないと、流行にならないらしい。

仕方がない。私はひとりで味噌カツをつくり、ひとりで食べてみた。岐阜羽島駅の食堂で、新幹線の時間を気にしいしい食べた味とは少し違うような気がしたが、まあまあ似たようなものが出来た。

せめて私の廻りだけでも流行らせたい、ＰＲのために味噌カツ・パーティを催したいと思ったが、この半年ばかり、我が家は散らかし放題で、特に居間は、未整理の手紙、スクラップすべき週刊誌や本の山で足の踏み場もない有様である。

仕事が一段落して、大片付け大掃除をしないことには、とても他人様をお招きすることも出来ない。この分ではせっかくの味噌カツも、あたら岐阜地方だけに埋もれるのではないかと気がもめる。

夫妻揃っての銅像は流行らなくてもいいから、というのは多分に嫁《ゆ》きおくれのひがみも入ってのことだが、おいしい地方の料理は、食いしん坊に知らせてあげたい。そう思ってやきもきしている。

スリッパ

してはいけない、とされていたことが、何かの都合で、してもよろしい、という風に変ることがある。

こういう場合、すんなりと抵抗なく受け入れることの出来る人と、なかなか呑み込めない人間がいる。私は後者のほうである。

結構すばしこいところがある癖に、いったん体で覚えたことは、急に改められない頑固というかグズなところがある。例えば歩行者天国が苦手である。頭では判っているのだが、体が納得しない。歩いてはいけないところを歩いているうしろめたさがあって、心底楽しめない。

「コラッ！　車道を歩いちゃいかん！」

今にもどなられるんじゃないかという気がして落着けないのだ。悠々と車道の真中を歩いたり、斜めに車道を横切ったりしながら、体のほうはいつでも逃げ出せる用意をしているところがある。そのせいか、いつもの倍くらい、くたびれる。向上心、冒険心に欠けているのであろう。

料亭の玄関で、靴を脱ぐと、スリッパを出される。

靴下が嫌い、スリッパも嫌いなので、結構です、と言いたいのだが、

「どうぞ」

膝をかがめ、目の前に揃《そろ》えられると、気が弱いものだから、つい、はいてしまう。

案内に立つ仲居さんは、白足袋で、スッスッと滑るように歩いてゆく。そのうしろから、スリッパを突っかけた私は、おくれまいと歩いてゆく。

廊下が板張りの場合は、滑りそうでヒヤヒヤする。廊下一面に、或いは中央だけ絨緞《じゅうたん》を敷いたうちもある。フェルトのスリッパはフカフカ絨緞と合性がよくないとみえて、いやに滑るか一向に先に進まないかのどちらかで、障害物競走をしているような気持になってしまう。スリッパをはいていない人もいると思うと、はいている自分がうしろめたい。

曲りくねった廊下の先に、階段などがあると更に悲劇は深刻になる。パンタロンの裾をヨイショとつまみ上げ、肩にかけたバッグがずり落ちぬよう用心しいしい階段を上る

うちに、スリッパを片方落っことすという醜態を演じたこともあった。

私がスリッパ嫌いになったのは、子供の時分から、スリッパに痛めつけられて来たせいかも知れない。

スリッパを片方ご不浄に落っことして、よく叱られた。今は水洗だから、ちょいと洗って乾かせば大丈夫だが、昔は汲取り式だったから、墜落させたら一巻の終りだった。臙脂《えんじ》のフェルトに毛糸で小花模様を刺繍《ししゅう》したばかりの自分用のスリッパが片方この下に沈んでいる、と判っていて、その上に用を達《た》すのは、かなしい気持だった。

「スリッパの後家さんばかりは、どうしようもないねえ」

と言われて、何か工夫はないものかと思案したあげく、壁に逆さにブラ下げて、状差しにしてみた。細長い封筒は三、四通入るのだが、ハガキが入らない。眺めているうちに、また片割れが、黄金水の中に沈んでいるんだなあと思い出してしまう。

「何だかヘンだからよしておくれ」

とうちの者に言われて、それきりになってしまった。

テレビのホームドラマを書くとき、大道具小道具のかたに三つのお願いというのを申し上げる。

玄関から台所へゆく通路に、木の団子になったものを繋いだのれんのようなものをブラ下げないで下さい。電話機に犬のチャンチャンコのようなカバーをかけないで下さい。和室が一間でもあったら、スリッパは、勘弁して下さい。特に主婦にははかせないで下さい。この三つである。

団子つなぎののれんは、くぐるとき、ガシャガシャ鳴るのと、色々な色が揺れるのが目ざわりで嫌だという私個人の好みに近いのだが、スリッパのほうは、ちゃんとした理由がある。

洋風のリビングから、スリッパをはいた主婦が、姑《しゅうとめ》のいる和室に上って何か用を達す。終って出てくるとき、障子や襖《ふすま》が一カ所なら問題はないのだが、二、三カ所に出入口があると、妙なことになってしまう。

ドラマの段取りで、必ずしも入ったところ、つまりスリッパを脱いだところから出ないほうが、ほかの登場人物との嚙み合いがいい、という場合がある。だが、一旦《いったん》スリッパを脱いだ以上、またそこへ戻らなくてはおかしなことになる。或いは、帰りはスリッパをはかず、足袋はだしで出てゆくということが、ドラマの中で効果的になっていなくてはつまらない。

あれやこれやで、私は青図と呼ばれているセットの図面をにらみ、

「ここで、加藤治子さんはスリッパを脱いで畳に上るでしょ。志村さんとやり合って、

カッとなって、ここから飛び出すと、あ、スリッパはどうなるかな」

などと、肝心のドラマよりスリッパのことばかり気にしてしまう。

大邸宅ではあるまいし、玄関でスリッパをはき、廊下をほんの五、六歩歩いて、茶の間の入口でスリッパを脱ぐ、というテレビドラマをよく見る。台所にゆくとき、ご不浄にゆくときにはまたスリッパをはき、ご不浄では、ご不浄用のスリッパにはき替えているのだから、考えるとご苦労さまなはなしである。日本人というのは、そんなに冷え性なのだろうか。それとも、上下《かみしも》を重んずる神州清潔の民なのだろうか。


中がじっとりと冷えたスリッパというのは病院だけかと思ったら、この頃では京都あたりのお寺さんの拝観のときにも経験することがある。

何事のおわしますかは知らねども、とかたじけなく拝観しながら、足許はあだ寒く、気もそぞろになる。

私自身、うちでは自分は勿論《もちろん》、来客にもご免をこうむって、スリッパは一切使っていない。だが、この間、アフリカへ旅行して、ホテル、といっても掘立て小屋だが、そこの床で小さな虫を踏んでしまった。

赤く腫《は》れて、一晩痛みとかゆみで往生した。幸い大事には到らなかったが、知らぬ土地ではやはりスリッパは必要だなと思い知らされた。

それにしても、よその国の人たちは、日本人みたいにスリッパを愛用しているのだろうか。洋風の絨緞の部屋と和室の畳という和洋折衷《せっちゅう》の暮しが生んだ、日本独特の私生児という気がする。

安全ピン

手をあげてタクシーをとめ乗り込むとき、人はささやかな運命論者になるのではないか。

何気なくとめた車が、手入れの行き届いた、感じのいい運転手さんの車ということもある。行先を申上げても聞えているのかいないのか、返事もせずに走り出し、念のためもう一度行先を告げると、

「耳が聞えないと運転免許は取れないの」

と叱られたりする。そういう車は運転も荒っぽいことが多い。

この間乗ったタクシーも、かなりダイナミックな運転で、私は何度もつんのめった。

「時間急ぐわけじゃないから、安全運転でお願いしますね」

ご機嫌を損じないよう、下手《したで》に出て私は頼んだ。

「安全運転でやってるよ。オレだって、命惜しいもの」

言いながらも、ギューとアクセルを踏む。

「スピード出してるみたいだけど、しめるとこはしめてるから大丈夫よ。オレ、今までもいっぺんも角《かど》、傷めたことないよ」

右へ左へという具合にハンドルを切る。

腕は悪くないらしいが、角というのがよく判らない。シートベルトでもかけようかと思いながら、角ってなあにと聞いてみた。

角というのは、家具の角であった。ついこの間まで地方で家具の運送をしていたそうだ。

「家具は角だから。角傷めないで運ぶのがいい運転手なんだよ」

たしかに安全運転で、私は、どこの角も傷めなかったが、下駄箱になったような気がした。


大分前の――つまり銀座通りに都電が走っている頃のことだが、安全地帯に立っていた人が、単車にはねられるのを見たことがある。

京橋のたもとにある大映本社のすぐ前の安全地帯だった。

都電を待っていた人たちのところに、スリップかなにかしたのであろう、止りそこねたオートバイが突っ込んでしまった。七、八人いた人たちのなかには、素早く身をかわした人もいたようだが、一人の老婦人が、その人は小柄で小肥りの人だったが、まるでバネ仕掛けの兎の玩具のように、二、三メートルすっ飛んだ。

私は試写を見終って大映本社から出たところで一段高い石段の上からそれを目撃した。街路樹のかげに寝かされ、救急車を待っている老婦人は、生命には別状ない様子だったが、キョトンとした顔をしていた。自分に起ったことが信じられないといった風にみえた。

わたしは安全地帯にいたのに——と言っているようだった。

安全ピンで怪我《けが》をしたことがある。

スキーにいったとき、旅館の布団の衿《えり》がポマード臭いのに閉口して、持っていったタオルを安全ピンで衿にとめつけた。くたびれて寝相が悪かったのか、直滑降大転倒の夢でも見たのか、とにかく夜中に大暴れしたらしい。左ひじの内側に安全ピンが刺さってしまった。

二十年近くも前のことで、安全ピンの造り自体がお粗末だったのであろうが、ひどく裏切られたような気がしたのを覚えている。

子供の時分から、お転婆《てんば》（このことばもぼつぼつ死語になりかけている）だったせいか、階段から墜落したり転んだりはほとんどないのだが、オッチョコチョイのせいか、間の抜けた怪我は何度かある。

これも夜中の出来ごとだが、背中が痛くなった。

夢うつつのなかで、背中のあたりに妙な痛みがある。普通の痛みではない。大きなおできかなにかが出来て、その真中あたりに耐え難い痛みがある。

起きて調べなくてはいけないし、クスリをつけなくてはいけないと思いながら、どうして一夜にしてこんなおできが出来たのだろうと、うとうとしていた。

やがて痛みは睡魔を打ち負かしたとみえ、私はハッキリ目が覚めた。起き上り調べてみたら、パジャマに洗濯ばさみがくっついていた。干すときに使った洗濯ばさみがどういうわけか背中の部分にくっつき、背中で洗濯ばさみを寝押ししていたのである。背中には赤紫色のひょうたん型のアザが出来ていた。

安全カミソリで怪我をしたという人は随分いる。

本物のカミソリだと、切れる、あぶない、と緊張しているので、かえって大丈夫なのだが、安全カミソリはなまじ安全だと思って安心するので、その間隙《かんげき》をつかれるのか、ひょいと小さな傷をつくってしまう。

うちの亭主は大丈夫。ヤボ天だし物臭《ものぐさ》だし第一お金がないから大丈夫よと安心していると、ドカンと浮気をされてあわてたりする。

外国のホテルで、水は気をつけるが氷は大丈夫、安全ですといわれ、なまぬるくなったエビアン水に氷を入れ、飲み終ったところで、何か黒い小さいものが入っているなと思ったら、蚊や羽虫のなきがらだった、ということもあった。

安全ピンはやっぱりピンなのだ。

先がとがっていて、下手すると指先を傷つけやすい代物《しろもの》なのである。どんなに安全な造りになっていようと、ピンのない安全ピンはない。

安全カミソリはカミソリなのだ。

その気になれば自殺だって人殺しだって出来る凶器なのだ。

私たちは安全という字がくっついていると、もうそれだけで安心してしまって、つい気がゆるんでしまう。これで大丈夫だと安心をしてしまう。その分だけアブないという気がする。

成田山へいって交通安全のお守りをいただいてくると、もう大丈夫と安心してしまうが、お守りをいただいた帰り道こそ気をつけなくてはいけないのだ。

安全、という字は、どこかうさん臭い。

安全ピンで怪我をしても、保障はしていただけない。使い方がよくないのですと叱られそうである。

安全カミソリで顔に傷をつくっても、同じこと。これこそ、気のゆるみと腕が未熟なのだ。

どうも私は安全という字をうたがっている。信用していない。この二字がつくとかえって警戒して、気をつけなくてはいけないぞと気持も手も身構えて用心している。安全保障条約を結んでも、絶対安全ではないのだ。安全地帯に立っているように、いつ玩具の兎のように跳ねとばされるか判らないのである。

泥棒

あれも冬だった。

雲の重いはっきりしない日で、日本にくらべるとマドリッドは大分暖かいと聞いていたが、寒さもかなりきびしかった。寒い割には、私の足は弾んでいた。プラド美術館でゴヤとベラスケスの絵をゆっくりと見て、歩いてホテルへ帰ってきたのだ。部屋は五階である。エレベーターのすぐ前なので判りがいい。これから着替えをして、フラメンコを聴きにゆくのである。

大きな重い鍵を鍵穴に差し込み、ドアをあけて中へ入った。とたんに私は棒立ちになった。

一人の男が、外人の男が、私のトランクをあけている。

緑色の絹のガウンを着た三十五、六の泥棒だった。

「泥棒！」

叫びかけて、私は気がついた。

トランクが違う。半開きのトランクの中からつまみあげている衣類も私のものではない。

ということは、これは私の部屋ではないのだ。

「失礼しました」

私は部屋を飛び出した。

廊下へ出て、部屋をたしかめたら、階が違っていた。スペインは、たしか一階をグラウンド・フロアといい、二階が一階になるのだったたか、とにかく、一階、間違えていた。

泥棒はむしろ私の方であった。

いかにスペインとはいえ、絹のガウンを着た泥棒というのは、礼儀正し過ぎる。そこで気がつくべきであった。

懲りたせいか、それ以来、ホテルで、特に外国のホテルで部屋の鍵をあけるときは慎重になった。

ところが、もう一度失敗してしまった。あれはたしかパリのホテルだった。小ぢんまりしたいいホテルだったが、買物から帰って、部屋番号をたしかめ、ドアをあけて中に入ったら、中年の女がトランクをあけていた。

またやってしまった。私は、一度に頭に血が上った。

「失礼しました。ご免なさい」

思い出す限りの詫びのことばを、乏しい英語とフランス語で叫びながら、私は廊下へ飛び出した。

こと数字に関して、私は、欠陥があるとは思っていた。年号や月日の記憶が全くいい加減なのである。それにしても、あんなに懲りたのに、と息を切らせきびしく反省しながら、階数、部屋番号をたしかめた。

ところが、合っているのである。

これはまさしく私の部屋であった。とすると、トランクをあけていたのは一体、誰であろう。私は、もう一度、そっと鍵をあけ、いつでも逃げ出せる態勢を取りながら、中をのぞいた。

トランクをあけていたのはメイドであった。

肥ったその人は、私の顔を見ると、悪びれた風もなくゆっくりとトランクを閉じた。にっこりと愛想よく笑いかけ、もう一度トランクの蓋をあけてバタンと閉めてみせた。それから、外人がよくやる、両手をひろげ、肩をすぼめるしぐさをしてから、出ていった。

「トランクの鍵をかけないとアブないですよ」

といいたそうな、悠然たるうしろ姿であった。

フランス語は、

「ビールの小びん一本」

「その小さいのをひとつ頂戴《ちょうだい》」

ぐらいで、あとは、ありがとうとさよならぐらいしか言えないので、私はポカンとして見送るほかなかった。

何も無くなっていなかったが、あの人はただ、外国人の荷物を面白半分に点検していただけなのだろうか。

去年の春、アルジェリアからモロッコへ行ったときは、ホテルの中の泥棒用心について、添乗員からくわしい注意があった。一流ホテルでも油断は出来ないらしい。いきなりワンフロア、停電になる。或いは非常ベルが鳴る。あわてて飛び出した隙《すき》にパスポート、現金をゴッソリやられるという。従業員がグルになってやることがあるらしい。

鍵をかけておいても合鍵を使って入ってくるから、女一人のときは、ドアの内側に椅子を置き、その上に紙クズ籠をのせ、更に水の入ったコップをのせて下さいと言われて、その通りにして眠ったこともあった。

もっと凄い例があって、鍵穴から、噴霧式の眠り薬を送り込み、寝入ったところを入って、身ぐるみはがされた例までありますと聞くと、もうどうしていいか判らない。

仕方がないので、私は紙クズ籠の上にホテル備えつけの聖書をのせて眠っていた。


ほんものに出逢って、おっかない思いをしたことがないせいか、泥棒というと目に浮ぶのは落語に出てくる泥棒である。

かぶった小汚ない手拭いを鼻の下で結び、はな色木綿の大風呂敷を背負った人物だが、世の中せち辛《がら》くなったせいか、あんな古典的な泥棒は、寄席でしかお目にかかれない。

泥棒も人が悪くなった。間の抜けた泥棒が居なくなった理由は、うちの造りではないかという気がする。昔は、うちの造りも間が抜けていた。

縁側からも入れたし、天窓も無防備だった。その気になればご不浄の汲取り口から失礼することが出来た。いまは水洗になってこの道も断たれてしまった。そんなに神経質に鍵をかけなかった。

ところが、いまは、アパートなどがいい例だが、開口部は、玄関ひとつしかない。

入った方も入られた方も、見つかったら最後、逃げ場がない。だから、両方とも、目が吊り上り、真剣勝負になってしまうから、すぐ刃物三昧《はものざんまい》になってしまうのであろう。

よそのお宅で夕食を招ばれ、なんのはなしからそんな話題になったのか、泥棒のはなしに花が咲いていたら、そのうちの小学校一年の男の子がいきなりこう言った。

「ねえ、泥棒って、どうして泥棒っていうの？」

大人たちは一瞬、押し黙った。

なぜ人のものを盗むのが、泥の棒なのか、誰も答えることが出来なかった。

孫の手

三十年近く前のことになるが、やんごとなきご身分の女性お三方の前で、バレーボールの試合をしたことがあった。

いまの筑波大、当時はたしか文理大といっていたが、そこで、バレーボールの大会があり、やんごとなきあたりの方がご臨席なさったのである。

私は目黒高女というかなりバレーでは鳴らした女学校の、中衛のライトをやっていたのだが（九人制）、みごとに一回戦で敗けてしまった。

いきなり、当時最強といわれた中村高女とぶつかったこともあるが、それより大きな理由は、よそ見である。

どうしてもやんごとなきお方の方に視線がいってしまい、パスにもトスにも精神が集中しなかった。

お三方は、宮中服というのをお召しになっていた。うすい空色や桃色の紋綸子《もんりんず》で出来た衣裳である。普通の女性より、白めに塗ったお化粧も、はじめて拝見するものであった。

それよりももっと感動したのは、お三方とも、全く身動きをなさらないということである。選手が失敗をしてもひっくりかえっても、格別お笑いになることなく、ほとんど表情も変えずにごらんになっていらっしゃった。鼻を掻いたり目のまわりをこすったりということも全くないようにお見受けした。

生れも育ちも違うんだなあ、と感心しているうちに、大差をつけられてストレートで負けてしまったのである。

電車の座席に坐ってぼんやり見るともなく見ていると、すぐどこかを掻く人と、全く掻かない人と二種類いることに気がついた。

掻く人は、しょっちゅう掻く。

頭のてっぺんのところを、爪の先で、カリカリとやる。その手を耳に持ってゆき、耳の穴をコソコソとやる。

鼻の下をこする。

目脂《めやに》をとる。目頭の方を片づけて、目尻へ移る。ベルトの下あたりを、モソモソと掻く。こういう人は、掻いていないときでも、落ちつきがない。多分、総理大臣にはなれないなあ、こういう人は、と思いながら、私も、ホッペタのあたりを掻いている。

格別、かゆいわけではない。どうしても掻かないと、気がヘンになるというわけではないのだ。ただ、何となく、手がひとりでに動いて、掻いてしまうのである。

こういうとき掻くのをよそう、と思ったりすると、何か、つっかえたようで、すっきりしない。おかしなものである。

うちの父は、あれは脂性《あぶらしょう》だったのだろうか、すぐ背中がかゆくなるひとであった。

茶の間で父がどなる。

「おい、背中！」

「ハーイ！」

水仕事をしている途中でも、母は呼ばれると大きな声で返事をして、すっとんできた。どてらの衣紋《えもん》をゆるめる父の背中に手を入れ、掻きはじめる。

「そこじゃない、そっち、右、右。バカ、そっちは左だろ。右だよ、右。うん、そこだ。ハイ、そこよし。もっと上！　それじゃゆきすぎだよ。ちょっと上！　もう気持上。よし」

私たち四人の子供は、食後のミカンなど食べながら拝見である。

「ぼつぼつ、手、替えてくれ」

かゆいときには、水仕事で冷たくなった手のほうがいいらしく、母は向きをかえて、手をかえる。

「ちがうだろ。さっきのとこだよ。さっきのとこ。違うとこ掻いてるじゃないか。なにやってンだ。そこじゃないよ、もっと左——左——右だろ。オレの左はお前の右なんだよ。もっと強く、強く。アイタ！　いてェ、誰が爪たてろといった」

こういう光景が、一週間に二、三度はあった。

「オーイ、背中」というとき、母がぬかみそを掻き廻したあとだったりすると、

「じゃあ、邦子たのむ」

ということになる。

嬉しくない仕事だったが、嫌な顔をしようものなら、

「誰に食わせてもらっているんだ」

と叱られるので、「ハイ」と返事をして、ガリガリやりはじめる。

「女のくせに癇が強いな、お前は。もっと静かにやれ」

さすがに娘には遠慮があるとみえて、母のときほど、右だ左だ、バカのチョンの、とは言わない。

言わないのだが、ものの三分ほどで、

幸せな人ではなかったかと思う。

人生だったが、母に背中を掻いてもらって威張っていた父の姿を考えると、男としては

男の一生として考えると、苦労の多い割には必ずしも実りが大きかったとは言えない

母の機嫌をとるような口調でこう言っていた。

「やっぱりお母さんが上だな」

とクビになる。

「もういい」

場末、といっては叱られるかも知れないが、盛り場をはずれた小さな荒物屋の店先に、

「孫の手アリマス」

と書いた紙がはってあった。

説明するまでもなく、孫の手とは、竹で出来た、ひとりで背中を掻く道具である。

はじめてこの言葉を知ったのはいつだったか忘れたが、孫の手とは、いい名前である。

陽あたりのいい縁側で、老人が孫に背中を掻いてもらっている。そんな光景が見えてくる。

いつもは孫が掻いてくれるのだが、たまにはいないときもある。孫も、少し大きくなると、悪タレばかりで、そうそうやさしくおじいちゃんおばあちゃんの背中は掻いてく

れない。仕方がないから、物指《ものさし》で——という代りの孫の手という風に思っていた。

だが、この頃は、縁側がなくなった。マンションには縁側がない。日照権ではないが陽当りも悪くなった。

核家族だから、老人もいない。老人のいるところには孫がいない。

いたとしても、孫が手を出すのは、お年玉をせびるときくらいで、孫の手の形が「お頂戴《ちょうだい》」の形に変ってきている。

そんなことを考えたせいか、「孫の手」というはり紙には、ひどくセチ辛《がら》いものを感じてしまった。

私は、孫はいないが、年の割には体がやわらかいとうぬぼれているので、孫の手のお世話にはならず、自分で背中を掻いている。

そのはなしをしたら、

「独身のひとは、体だけは鍛えておいたほうが、いいですよ」

といわれた。

独身の女のために背中のファスナーをはめる道具があるそうである。そのうちに、松下さんあたりが電気孫の手をつくって下さるかも知れない。お小遣いをやって肩を叩いてもらう代りに孫とは別居して、孫の手を使い、椅子式の電気アンマ機のお世話になるのを、文化国家というのであろう。

たっぷり派

絵や美術品を見るときに、じっくり時間をかけて鑑賞する人と、ごく短時間にさっと眺めて帰ってくる人間がいる。

私は後者、つまり急ぎ足のほうである。

風呂ならカラスの行水《ぎょうずい》である。

絵なら絵、茶碗なら茶碗を、じっくり拝見すると、どうしても均等に目がいってしまう。かえって印象が稀薄になってしまう。それと、なまじ時間があると思うので、気持がゆるんでしまう。

一期一会《いちごいちえ》、というほど大げさなものではないが、この一瞬しか見られないのだぞ、と我と我が身にカセをはめると、目のないなりに緊張するせいか、余韻《よいん》が残り残像が鮮明のような気がする。升田名人は、子供の頃にパッと飛び立つトリの数を、一目見てあてるのがお上手だったそうだ。

コツは、ほかの子供のように、一羽二羽と空中で数えないことだという。

飛び立つトリをパッと見て、その図柄、感じを瞬間に目のなかに焼きつけてしまう。

あとから瞼《まぶた》に残るトリの数を見当つければいい、というのである。

我が意を得たりと嬉しくなったが、升田名人と私ごときを同列におくのは、おこの沙《さ》汰《た》であって、あちらは天性の勝負師、私のはただのせっかちに過ぎないのである。


見るほうがあっさり、というやり方だから味のほうも同じかというとこれが反対なのだから、おかしなものだと思ってしまう。

おそばのタレは、たっぷりとつけたい。

たっぷり、というよりドップリといった方がいい。

野暮と笑われようと田舎者とさげすまれようと、好きなものは好きなのだから仕方がない。

その代り、いよいよご臨終というときになって、

「ああ、一度でいいから、たっぷりタレをつけてそばを食いたかった」

などと思いを残さないで済む。

たっぷりはそばのタレだけではない。

恥しながら、私は醤油《しょうゆ》もソースも、たっぷりとかけたのが好きなのだ。

昔は、塩気を粗末にするとひどく叱られたものだった。

お刺身を食べるとき、銘々が小皿に醤油をつぐ。

子供のことだから、つい手がすべって多い目についでしまう。どうにか使い切れば文句はないのだが、残ったりしたら大事《おおごと》だった。

「お前は自分のつける醤油の分量も判らないのか」

と叱られるのである。

「残しておいて、あした使いなさい」

私の小皿だけは、蠅帳《はいちょう》に仕舞われてしまう。

次の食事のとき、ほかの家族は、小皿に新しく醤油をついでいるのに、私だけが前の残りを使わなくてはならない。

皿のまわりは、醤油が飛び散って汚れているし、気のせいか醤油もねばって、おいしくない。ゴミなんかも浮いているような気がする。

二度目の食事に使ってもまだ残っていると、食事が終ってご飯茶碗についだ番茶で、醤油の残った小皿をすすがせられた。

一人だけうす赤く染った番茶を頂かなくてはならない。

このときのことが骨身にしみたのであろう、私は刺身醤油をつぐとき、いつも用心しいしい、ポッチリ注いでいた。

早く大人になって、残ってもかまわない、そんなこと気にしないで、たっぷり醤油やソースをつけて物を食べたいと思っていた。

親の教育が裏目に出た例であろう。

バターを利かせたプレーン・オムレツに、サラリとした辛口のウスター・ソースをたっぷりかけて食べるのが好きである。

塩胡椒《こしょう》をちゃんとすれば、ウスター・ソースなどかけるのは邪道に決っているのだが笑わば笑えだ。

あたたかいご飯に、これがあれば、言うことなしである。

氏素姓《うじすじょう》の卑《いや》しさを広告しているみたいで、こっそりとやっていたのだが、そっと聞いてみると、意外にも、オムレツにソースジャブジャブという方がかなり沢山《たくさん》おられることに気がついた。

さる名門の夫人は、

「うちは、オムレツのなかに牛の挽肉と玉葱をいためたのを入れて、それにソースをかけてよくいただくんですよ」

私も同じものをよく作る。

「お宅は、それ、何て呼んでいらっしゃる」

「さあ、何て呼んでたかしら。別に名前なんかなかったんじゃないかしら」

「うちでは『ポロ牛《うし》』といっていたのよ」

挽肉をポロポロにいためるからなのだそうだが、それにしてもポロ牛とは。なんだか牛がポロ（馬に乗って争う球技の一種）をしているようだ。牛が馬に乗るという連想のせいか、それ以来、このお惣菜《そうざい》をつくるたびにポロ牛を思い出しておかしくなってしまう。


たっぷり欲しいものにレモンがある。

スモーク・サーモンが出たとき、櫛《くし》型の薄いレモンがついていないと、ああせっかくのおいしいサーモンなのに、こうと知ったらうちからレモンを持ってきて、たっぷりしぼっていただけたのに、と口惜しい思いをする。

牡蠣《かき》フライのときも同じである。

薄い八つ割りのレモンを、一滴残らず牡蠣に絞りかけようと、慎重にやったあげく、方向を間違えて自分の目玉の方に飛ばしてしまい、目は沁《し》みるわ、フライのほうにはかからないわで、さびしい思いをする。

なんでもたっぷりでなくては気が済まないくせに、お風呂だけはあまりたっぷりしていると、落着きがない。

湯船いっぱいに湯があふれている温泉場などで体を沈めるとザアと湯がこぼれることがある。

「ああ、もったいない」

と思ってしまう。戦争中、燃料がなくて、風呂は二日おきなどという苦労をした世代は、三十五年たってもまだミミっちさがとれないのだ。

「スパゲティはたっぷりの湯に塩ひとつまみ入れて茹《ゆ》で」

は実行出来るのだが、人間さまのほうは、程々の湯で、茹でこぼさないで入るほうが豊かな気分になれる。

もっとも人さまざまである。

そばのタレはごくあっさりとつける代り、お風呂のほうは湯船からあふれるほどでないと入った気がしないという方もおられるに違いない。こちらの方が粋《いき》なようである。

ヒコーキ

スチュワーデスの方に一度本音《ほんね》を伺いたいと思っていることがある。

あなたがたは離着陸のとき本当に平気なのですか。自転車や自動車が走り出すときと全く同じ気持なのですか。ノミが食ったほどにも、こわいとは感じないのですか。

本当はこわいのだけど、少しは馴《な》れたし、自分たちがこわがっていたら、お客様はもっと不安になる。客足にひびくので、つとめてにこにこしているのではないんですか。スチュワーデスのお給料のなかには「ニコニコ料」も入っているんじゃないんですか。

私は、生れてはじめて飛行機に乗ったとき、あれは二十五年くらい前に、たしか大阪へ行くときだったが、友人がこういうはなしをしてくれた。いざ離陸というのでプロペラが廻り出した。一人の乗客が急にまっ青な顔になり、

「急用を思い出した。おろしてくれ」

と騒ぎ出した。

「今からおろすわけにはゆきません」

とめるスチュワーデスを殴り倒さんばかりにして客はおろしてくれ、おろせと大暴れして、遂に力ずくで下りていった。そのあと飛行機は飛び立ったが、離陸後すぐにエンジンの故障で墜落した。客は元戦闘機のパイロットであった。

「じゃあ元気でいってらっしゃい」

とその友人に送られてタラップを上ったのだが、プロペラが廻り出すと胸がしめつけられるようになった。

ブルブルブルル、なんてむせたりしているけど、あれがさっき話してたエンジン不調の音ではないか。ああ、ナミの耳しか持ってないのが情けない。ブルブルブルル、やっぱりおかしい。下りるなら今だ。

しかし飛行機は無事に飛び立ち、無事に大阪空港に着陸した。

このときの気持が尾を引いているらしく、私はいまでも離着陸のときは平静ではいられない。

まわりを見廻すと、みなさん平気な顔で坐っているが、あれもウサン臭い。本当に平気なのか、こんなものはタクシーと同じに乗りなれておりますというよそゆきの顔なのか。

このところ出たり入ったりが多く、一週間に一度は飛行機のお世話になっていながら、まだ気を許してはいない。散らかった部屋や抽斗《ひきだし》のなかを片づけてから乗ろうかと思うのだが、いやいやあまり綺麗にすると、万一のことがあったとき、

「やっぱりムシが知らせたんだね」

などと言われそうで、ここは縁起をかついでそのままにしておこうと、わざと汚ないままで旅行に出たりしている。

いつもこわいのだが、この間アメリカへ行ったときは一番おっかなかった。

ロケに同行したので、撮影機材と一緒だったのである。カメラやら照明機具、合せて二十五個、目方にすると二百キロを超す大荷物である。ジャンボ機なので四百五十人のりだが、一人体重七十キロ、荷物二十キロとして——もう大変な目方である。どう考えたって、太平洋を飛び越えるのは無理ではないだろうか。

カラスの首に目覚し時計をブラ下げて飛べというようなものではないか。絶対に落ちる。卑怯なようだが、せめて機材とは別の便にさせてもらえないだろうか。

心のなかで、チラリとそんなことを考えながら、しかし、気どられまいとして私はスタッフの人たちと冗談を言っていた。

こういうときは着陸のときが嫌だ。

あ、海面が妙に近い。海面に飛行機の影がうつっている。地上の街並みや車がぐんぐん大きくなっている。これはおかしいぞ。早く下りすぎたのだ。誰も知らないけど、これは失敗だ。早く教えて上げなくちゃ――などと思っているうちにドスンという衝撃がお尻にあって、無事着陸するのである。

この間はじめて沖縄へいったのだが、帰りに羽田空港の荷物待ちのカウンターで私はしたたかに突き飛ばされた。

ぐるぐる廻って出てくる荷物台のそばである。突き飛ばしたのは、十人ほどの五十五、六から六十歳ぐらいの中年婦人の団体であった。

「ここだよ！　ここへ出てくんだ！」

一人が叫ぶ。

「荷札ついてねくて、どして判んだよ」

「グズグズしてるとかっぱらわれるぞ」

「気つけろや」

「誰か、モトのとこ、走れ、早く」

オバサンたちは、台の廻りの客を押しのけ蹴散らかして、二、三人が荷物の出る場所に走り、二、三人ずつ配置についた。

「廻りかた早いから、取りそこねたらどなれ」

「よお、これ寺内さんのではないの?」

「そだそだ! あ、ちがう!」

まるで戦争さわぎである。

みんなあっけにとられ、押されたまま突き飛ばされたままでいた。田舎っぺだな(このことばは差別語だったかしら)と笑えないものがあった。私だって、今こそ平気な顔をしているが、はじめて飛行機に乗ったときは、オバサンたちと同じ気持だった。引き替えのタグはついているが、自分の荷物が出てくると、品位を失わない程度にすばやく手許に引っぱり、ほっとするのは、どこかで、

「かっぱらわれやしないか」

という気持が働いているに違いないからであろう。


うちの母がはじめて飛行機に乗ったのは、東京・名古屋間である。もう二十年近い昔のことだが、乗る前になって、小さな声で、

「困ったわねえ」

「いい年してきまりが悪いなあ」

と呟《つぶや》いている。

父がわけをたずねると、

「だって、乗るとき、はしご段の上で、手振らなきゃならないでしょ」

と言ったというのである。

「馬鹿。あれは、新聞やなんかに写真の出る偉い人だけだ。乗る人間みんなが、あそこで立ちどまって手振ってみろ。どんなことになる。何様の気してるんだお前は」

父にどなられて、シュンとしていたという。

このあと母は何度か飛行機に乗っているが、飛行機は大好きだという。理由は落ちると、飛行機会社でお葬式をして下さるからだそうだ。

スペースシャトルの滑るような着陸を見ていたら、私は完全に乗り遅れだなあと思った。

私の感覚は、プロペラでゆっくりと飛ぶヒコーキである。不時着ということばの使える、プロペラと翼のある飛行機である。

コンコルドではないが、最近の飛行機はだんだん怪獣に似てきた。顔つきがこわくなった。昔の飛行機はのんきな顔をしていた。

これも二十年以上前のことだが、中央線の駅のそばのおもちゃ屋のガラス戸に、

「ヒーコキあります」

と書いてあったのをみたことがあった。

ミンク

「毛皮のコートを持っていますか」

こういうアンケートがある。

「持っていません」

と答えると、必ず、

「どうしてですか」

とたずねられる。

高価だから。

着てゆく場所がないから。

自分に似合わないから。

飼っている猫に済まないような気がするので……。

そのときの気持で、適当に答えることにしているのだが、こういうとき、脳ミソの片隅を、一枚の写真がスーと横切るような気がする。

その写真というのは、大分前の、たしか新聞の片隅に載っていた記事に添えられたものである。

北海道かどこかのミンクの養殖場で、一匹のメスのミンクが飼育係に馴《な》れてしまった。ミンクというのは野性が強く、気性が荒くて、絶対に人に馴れない動物だという。ところが、どうしたわけか一匹だけ突然変異というか、変りダネがいたのである。

普通ミンクは、十カ月だか一年だか忘れたが、毛皮として一番美しいある一定の大きさになると、例外なくこの世におさらばさせられて、ストールやコートに化けさせられてしまう。

ところが、飼育係に馴れてしまった一匹だけは殺すのに忍びなかったのであろう、ペットとして飼われることになってしまった。

写真には、バケツに入れた餌を運ぶ飼育係のうしろから、ついて歩いている一匹のミンクがうつっていた。彼女は、こうして奇跡的に命を長らえているのである。

十五年ほど前のことだが、私はラジオの朝の帯ドラマで、「お早ようぺぺ」というのを書いていた。

町内の猫や犬だけを主人公にしたもので、人間さまを、犬や猫の視線で、つまり当時流行《はや》ったミニ・スカートを地上三十センチほどの高さから描いた（猫の場合は塀《へい》や屋根に上るから、上からということもあったが）ちょっと変ったドラマであった。

二年だか三年つづいたが、そのなかでクリスマス週間につくった「七面鳥のはなし」というのがあった。

街にジングルベルの鳴るなかで、鳥屋の店先で飼われている七面鳥に、町内の犬や猫がチエをつける。

「あんた、助かるためには、人間に馴れなきゃダメだよ」

七面鳥は必死になってゴマをするのだが、それも及ばずいよいよローストになりそうになる。一同協力して七面鳥を逃がしてやる、というような、スジで書くと他愛《たわい》ないようだが、録音をとっているのを聞いていたら役者さんたちが妙に真剣なのである。

猫をやる黒柳徹子さん、中村メイコさん、犬をやる熊倉一雄さんたちの声が、まるで人間のドラマをやるように切実になってくる。七面鳥をやったのは、たしかなべおさみさんだったと思うが、これも哀れでおかしかった。一同、涙声になってしまい、副調室までシーンとしてしまった。ラストはどうなるのか忘れてしまったが、ミンクの写真を見たとき、偶然にも自分の書いたこのドラマを思い出した。

レストランのメニューで、エビフライというところをみると、有頭と無頭にわけられている。

頭のついているのといないのと、二種類あるのだ。勿論《もちろん》有頭のほうが百円ほどお高いのだが、有頭という字を見ると、子供の時分にさわった狐の衿巻《えりまき》を思い出してしまう。

私が幼かった頃、つまり戦前のことだが、狐の衿巻が大流行したことがあった。ちょっと洒落《しゃれ》た和服や洋装の女の首ったまには、狐が巻きついていた。その狐は例外なく有頭であった。

うちはサラリーマンだったから、母は狐の衿巻は持っていなかったが、うちへきた客が玄関にコートと一緒に置いて座敷へ通ったあと、そっとさわってみたことがある。

黄色っぽいやせた狐だった。口をすこしあけ、ガラスの光る目玉は、片方がすこし浮き上り、もうすこしで取れそうになっていた。小さな手足は固くて冷たく、黒い爪がついていた。ナフタリンと白粉《おしろい》と椿油のまじった匂いがした。

首に巻いてみたいと思ったが、そんなことをしているところをみつかると大変な目に会わされるのは判っていたから、さわっただけでおしまいにしたが、妙に平べったい三角形の狐の頭だけは、いまもはっきりと覚えている。

ミンクのコートは、無頭だけれど、本当はコート一着に三十だか五十のミンクの頭がブラ下っているのだ——と書くと、持っていない人間の嫌がらせみたいで気がさすのだが、見ぬことときよしである。人間が生きてゆくというのは所詮《しょせん》はこういうことなのかも知れない。

ステーキを食べるために牛一頭をほふることも、目刺し一匹も、その何百倍のたたみイワシ一枚も、同じことなのであろう。言い出したらキリがないのだ。


書きながら、だんだんと威勢が悪くなったのは、私も毛皮を持っていることに気がついたからである。

毛皮のコートは持っていないが、コートの衿にならぶ、くっついている。リンクスである。ベージュの地に斑点のある毛足の長いもので、日本語でいうと大山猫である。はじめは、何の毛皮かよく判らず、気軽にリンクスと呼んでいたのだが、すぐに大山猫と判った。

うちには猫がいる。子供のときから、いつもうちには猫がいて、世間さまは私のことを愛猫家と思って下さっているらしい。猫可愛がりではないが、ほどほどに可愛がって暮している。それが二匹の大山猫の毛皮を首ったまに巻きつけているのである。

うちの猫は毛皮をみると、親愛の情を示す癖がある。ある女優さんのミンクのコートに体をすりつけ、うっとりとしていたが、やがて興奮して爪を立てそうになり、飼主をあわてさせたことがあった。

また引っかかれると大変だと思い、私はうちの猫の前で、リンクスの衿のついたコートを着ないようにしているのだが、本心をいうと、仲間を首に巻いているうしろめたさで気がねをしているのである。

そういえば、今年はあのコートにまだ一度も手を通していない。

なかんずく

同じアパートに住む少年と、エレベーターのなかで出逢った。

小学校一年くらいで、腕のなかにマルチーズの仔犬をさも大事そうに抱えている。

「かわいいわねえ」

私は犬を連れている人を見かけると、さわらせてもらいたいので、つい話しかけてしまう。

「犬が好きなのねえ」

うん、という返事を予想したのだが、意外なものが返ってきた。

「別に」

あれ？　と思いながら、もうひとこと聞いてみた。

「散歩は、毎日連れてくの？」

「別に」

取りつくシマもない、という感じではなかった。人なつっこそうな子で、今までもエレベーターで顔を合すと、私の階のボタンを押してくれたりしたのである。

もうひとこと聞こうと思っているうちに、彼は先に降りてしまったので、それきりになってしまったが、ドアが閉ってから私は気がついた。

少年は「別に」ということばに凝っていたのだ。「別に」ということばを覚え、気に入ってしまい、なにかというと使っているのであろう。


うちの親戚の男の子が、「なかんずく」に凝ったことがある。

この子も小学校一年に入ったばかりであった。

「入学祝い、あげてなかったわねえ。なにがいい？」

「ぼくの一番好きなもの」

「あ、そうか。お金か」

「――――」

「うまい言い方するもんねえ。でも、お金よか、モノであげたいな。なにがいい」

「モノかあ」

彼は少し失望したようだが、気を取り直して、少し考えて、こう言った。

「なかんずく……」

「え？」

「なかんずく万年筆かな」

あっけにとられている私に、彼の母親が目くばせした。

彼が席を立ってから、母親が説明してくれたのだが、少年は昨日あたりから「なかんずく」に凝っているという。

朝の食事でも、彼は、

「なかんずくオムレツにしてよ」

と母親に注文をつける。

なかんずくというのは、とりわけとか、その中でも、という意味あいのあることばだから、本当なら、半熟か、目玉か、いくつか比較するものがあった上で、「なかんずくオムレツ」という言い方になると思うのだが、少年はそういうことには頓着《とんじやく》なく、なにがなんでも「なかんずく」をくっつけてしまうらしい。

「もう朝から晩まで、どうやってなかんずくということばを使おうか、と目を光らせてうかがってるという感じなのよ。でも『なかんずく』って、大人の、それも年寄りくさいことばでしょ。子供がいうとヘンな感じでねえ。なんだかナカンズクっていうミミズクのお化けというか怪獣みたいでおかしくて」

母親は声をひそめて笑いながら、

「こっちまでうつってしまって、ひととしゃべっててひょいと口から出そうになって、あわててのみ込んでるのよ」

ということであった。

こうやって、この少年は、いや、人はことばを覚え、殖やしてゆくのであろう。

英語の会話の学校に通っていた時分に、先生から、思いがけない人とばったり出逢ったときに使う言い方を教わった。

「まあ、地球は狭いわねえ」

というのである。

しゃれた言い方なので、一度使ってみたいと思っていたが、外人の友達もいないし、ちょっとした顔見知りはいても、ばったり出くわす、ということもなく二、三年が過ぎてしまった。

ところが、偶然に、その先生とビルの入口で出逢ってしまったのである。

私は駄目な生徒で、九カ月ほどでその学校はやめたのだが、イギリス人の男の先生は、私がテレビドラマを書く人間だと判ると、授業のほかにも、さまざまな質問をしたし、三島由紀夫の小説のはなしなどしたりして、おたがい顔ぐらいは覚えていた。

あ、先生だ、と気がついた瞬間、私は習った「地球は狭い」を使うのは、このチャンスだと思い、

「オウ」

とはじめの感嘆詞を言いかけた。

思い出しながら、次をつづけようとしたとたん、いや、それより先に、先生は、

「スミマセン。十円貸シテクダサイ」

と手を出した。

先生は公衆電話をかけるところだったらしい。

私はあわててバッグをさぐって十円玉を進呈した。

「アリガトゴザマス、ミス・モコダ、ゲンキソネ」

こうなっては証文の出し遅れである。

かくて、せっかくの「地球は狭いですね」は、千載一遇《せんざいいちぐう》のチャンスを失し、いまだに使わずに今日にいたっている。

正直なはなし、もう言い方も忘れてしまった。

ことばに凝るのは女子供だけではない。

存じ上げているある壮年の実業家は、四、五年前は、

「リスク」

ということばを多用なさっていた。

次の年は、

「メリット。デメリット」

ということばが、会話のなかに何回も登場した。

武原はんさんの地唄舞いのはなしにも、メリット、デメリットが入ってくるのでびっくりした覚えがある。

去年あたり、多く聞かれたのは、

「ノウハウ」

である。

はじめはよく聞きとれず、ノーハーとおっしゃったようなので、脳波かと思ったが、すぐにノウハウと判った。

三十分ばかりの間に、五回も六回もこのことばが出てきた。

すこし使い方に無理や強引さがあるものの、そのことばをうまくくっつけて使うことが出来たときの、ちょっと得意そうな顔は、「なかんずく」を使ったときの少年の顔と同じように見えた。

新しいことばは、頭のなかでだけ使っても、日常のなかでは口に出さない人間と、勇猛果敢に使ってみる人間と、人は二通りに分けられるように思った。

泣き虫

たまにデパートの玩具売場を通ると、耳も目もびっくりしてしまう。

「ピーポピーポ」

「キューンキューン」

「ガガガガガガ」

「ウォンウォン」

「キキッキキッ」

劇画の吹き出しでお馴染《なじ》みの音が、一大交響楽になって押し寄せてくる。色のほうも、三原色をぶちまけてこねくり合せ、ピカピカチカチカ光って揺れ動き飛びかっている。

このピーポバキューンのなかで、ひとりの子供が泣きじゃくっていた。

四歳か五歳の男の子だった。

まだ二十代の、Gパン姿の若い母親に邪険《じやけん》に手を引っぱられ、泣きながら売場を出てゆくところである。

顔中涙でぐしょぐしょで、この世の終りというような悲痛な顔で、う、う、と泣きじゃっくりがとまらない。

彼はなにが欲しかったのだろう。

私は、いま声を上げて泣くほど欲しいものがあるだろうか。


ごくたまに、ほんの少し泣くのは、目のためにはよいのだそうである。

涙には、○・何パーセントだか忘れたが、塩分が入っている。それが目の表面についたゴミを洗い流してくれる。ヘタな目薬よりいい、と何かの本で読んだような気がするが、私の記憶だからあてにならない。

身辺に不幸がなかったせいか、感情のほうが鈍くなったのか、ずい分長い間、泣いていないことに気がついた。

父が亡くなったときも、急死だったこともあり、悲しいより驚きのほうが先にたって、しみじみ涙をこぼす、ということのないままに葬式が終った。

お通夜の夜食は寿司がいいか、二晩続けて同じものでは申しわけないから、故人も好物だったことだし鰻《うなぎ》にしようか、などと気を揉《も》んでいては、ゆっくり泣くことも出来ない。

「お調子者め。人が死んだのに泣きもしないで浮かれていやがる」

父は何でも正式に、折り目正しくするのが好きだったから、自分の葬式のときも、女房子供にワッと号泣して欲しかったことだろう。

ところが、うちの一家は、チョコマカした小者揃いである。

「遺族のかたは坐っていて下さい」

と叱られながら、やれ座布団が足りない、灰皿は大丈夫かしら、と飛び廻っていた。父はさだめし、口惜しく、成仏出来なかったに違いない。

やましい気持で四十九日が過ぎた。

その頃、私は友人たちと京都に桜を見に出かけた。

にぎやかな一行だったので、楽しい一日を過し、帰る前に、珍味屋へ足を向けた。この店でだし昆布や若狭《わかさ》かれいのひと塩を買うのが習慣になっていた。

いつも通りのものを頼み、

「このわたも入れて下さいね」

こう言って財布を探しながら、私は笑い出していた。

このわたを好きな父は、もういないのである。いないのに、ついうっかりして頼んでしまったのだ。

「馬鹿だなあ。なにやってるんだろう」

大笑いに笑いながら、気がついたら私は泣いていた。

店の人はびっくりして、私の顔を眺めている。みっともないと思いながら、死んでこんなに日数が立っているのに、と思いながら、涙がとまらなかった。

いままでどこかにかくれていた涙が、急に鉄砲水のようにあふれたのか。旅先で、旅の恥は掻《か》き捨てに似た気持で気がゆるんだのか、あのときの気持は自分でも説明がつかない。


人に抱きつかれて、ワッと泣かれたことがあった。

同窓会の、会場の入口である。

会場は新宿駅のそばの、食堂ビルの一隅にある郷土料理屋であった。

遅刻したこともあり、大いそぎでエレベーターを下りて、店を探しあてて入りかけると、いきなり突き飛ばされた。

いや、物凄《ものすご》い勢いで抱きつかれたのである。

「あんた、変ったねえ。どしたの」

ころころに肥った、私より十歳ぐらい若い女のひとだった。気のいいおばさんといった感じのその人は、私の体をゆすぶって、

「ガスだって？　眠ってる間じゃ、ひとたまりもないよねえ。もう、聞いたときはびっくりして」

鼻をすすって、泣き出した。

狐につままれた、というのは、こういうことであろう。

私には全く身に覚えがない。この人の顔も知らないのである。

「あの、失礼ですけど、どなたですか」

「え？　××ちゃんじゃないの」

「いいえ」

「やだ！」

その人は、さっき抱きついたのと同じ激しさで、私の体をつき放した。

「やだやだ！」

それから、通りかかった女店員をつかまえて、

「××高校の同窓会、どこなの」

とたずねた。

会場は同じ店であった。

ただし、この日は同窓会が三つだか四つあって、名札がぞろりとならんでいた。

このひとは、目が近かったのか、それとも親友の××ちゃんに私がそっくりだったの

か、間違えて泣いてしまったのである。

この人とは、帰りのエレベーターのなかでも一緒になった。クラスメートと冗談を言い合って、大きな声で笑っていた。私がすぐ横にいるのに気がつかないのか、気がついていたがテレくさいのか、私のほうは見向きもしなかった。普通の人より一オクターブ高い声で笑いながら出ていった。

よく泣く人はよく笑うということがよく判った。


この頃の子供は泣かなくなった。

私の子供の頃、子供はよく泣いていた。手足がかじかんで寒いといっては泣き、お八つが少ないといっては泣いていた。

此《こ》の頃は、泣くほど寒くない。お八つも冷蔵庫をあければ、くさるほど入っている。子供だけではない。大人も泣かなくなった。昔みたいに葬式に、おいおい声を立てて泣く人は少なくなった。年寄りと同居しないこと、家で死ぬより病院で死ぬことが多いせいだろうか。

DDTは蚊やハエと一緒に、日本の泣き虫をも殺したのだ。

良寛さま

円空の展覧会がいま開かれているが、このポスターや記事を見ると、胸がドキンとする。

円という字も空という字も大好きである。

円は、丸い、銭《せん》の百倍、それに大きいという意味がある。空は、天と地の間にひろがる大空の謂《いい》である。両方とも、ゆったりして、コセコセした小者の私には妬《ねた》ましくなるような字である。それでいて、ふたつならんで人の名前になると、ドキンとしてしまうのである。

ちょうど十六年前、私の引越したアパートのドアに、先住者が残していった円空の彫刻があったからである。

生れてはじめての家出だった。

三十を過ぎて、親と一緒に住んでいるのが鬱陶《うっとう》しくなっていたし、テレビの脚本書きをはじめていたので、電話口でスジの説明をするとき「関係」「妊娠」などという単語を茶の間で発音しないように気を遣うなど、かなり気くたびれしていたので、父と言い争う形でうちを出たときは、正直いってほっとしたものがあった。

東京オリンピックの最中で、私は開会式の聖火がともる瞬間を、不動産屋のオニイさんと、アパートを物色する途中の坂の上から眺めている。たしか明治通りを入った路地の突き当りで、目の下に嘘のように競技場が広がっていた。

あわただしく見つけたアパートだったから、ドアの飾りにまで目がゆかず、霞町《かすみちょう》の高台で環境がよかったこと、三間にサンルームつきの間取りのわりに、敷金と権利金が安かったこともあって、即座に決め、次の日にはもう本とベッドを運び込んでいた。

運び込むときに、寝室のドアに、木の円空仏がピタッとはりついているのを発見したのである。高さ十センチほどのおなじみの木彫りである。

「あれ？　円空じゃないかな」

この部屋の先住者は、名前を言えば、古美術好きなら必ず知っている美術評論家である。

「ねえ。これ、何かしら」

私は、手続きのために来ていた不動産屋のオニイさんに、わざとさりげなくたずねた。

「さあ、なんか飾りじゃないすか」

オニイさんは、渾身《こんしん》の力をこめて、それを引きはがそうとした。仏像は、接着剤でくっついていて、ビクともしない。

「こういうことされると困ンだよなあ。ヨイショ！」

「あ、無理しないでよ」

「あとに入る人のこと考えないんだから、参っちゃうよ。イヨッ！　取れねえなあ」

「いいわよ。この顔、あたし、嫌いじゃないから」

「そうすか。すみません」

「あなた謝ること、ないけど。でも、どうしたらいいかしらねえ」

「どうするもこうするも、取れねえんだから。お客さん、嫌でなかったら、くっつけといたらいいんでないすか」

私は、渋々と「そうねえ」とまたさりげなく呟《つぶや》いて、荷物を片づけはじめた。

正直言って、私の気持のなかに狡《ずる》いものがあった。

事をアラ立てず、出来たらこのまま拝見していたい、というものがあった。

早いとこ不動産屋のオニイさんを追い出し、ゆっくりと眺めた。見れば見るほど円空仏に似ていた。いや本ものに思われた。

名の通った美術評論家が、ニセモノをお持ちになる筈がない。それと、その美術評論家は、大資産家の御曹子《おんぞうし》で、きわめて鷹揚《おうよう》なお人柄であると、そちらの関係の本にも書いてあった。はがそうとしたがとれないので、気前よくそのままにされてお出になったのであろう。

私は円空の本を買ってきて、うちのドアの仏像とくらべてみた。

ご存知のように円空は、江戸初期の坊さんである。美濃の人だが、全国を遊行《ゆぎよう》しながらすぐれた沢山《たくさん》の木彫を残している。

似ている。そっくりである。

円空にくわしいという友人にも来てもらった。

「ほんものですよ。間違いなし」

その人も、すこし興奮気味である。

ほんものとすると、生易《なまやさ》しい値段ではないだろう。このまま猫ババをきめこむのはうしろめたい。

かといって、乏しい貯金は引越しで底をついてしまっている。すぐに自首して、譲っていただきたいと言うにしても、先立つものが無いのである。

結局、私は二カ月の間、円空仏を眺め、なでさすり、半ば楽しく、半ば心苦しく迷いつづけた。

粗い木ぎれに素朴なタッチで彫りつけた仏の顔は、ペチャンコな鼻をして目を閉じていた。朝晩見ているうちに、私の顔に似ているような気がしてきた。くる客も、みな似ているという。

その年の大晦日の夜。私は決心して、先住の美術評論家のお宅へ電話した。愛着が出たので、手放せない。月賦で譲っていただくつもりだった。

電話には夫人が出た。

「ああ、あれですか。よかったら差し上げます」

そのかたは、あっさりこう言われた。

「とんでもありません。そんな高価なもの」

言いかける私に、夫人のさわやかな笑い声がダブった。

「お安いんですよ。あれプラスチックですもの」

そのアパートには六年いた。引越しのとき、私は大好きになったこの円空仏を引きはがそうとそれこそ満身の力をこめて引っぱったが駄目だった。心を残しながら、そのままにして出た。あとに入った人から電話でもあるかな、と思っていたが、別段そんなことはなかった。

小学校五、六年の頃、親にかくれて大人の本を読むとき、私はいつも一冊の本を用心のために持っていた。

『良寛さま』という本である。

この本をかくれ蓑《みの》にして、バルビュスの『地獄』や鷗外の『ヰタ・セクスアリス』を読んだ。

そのせいか、私は「良寛さま」というと、どうも胡散《うさん》くさい、二重人格のようなものを感じてしまう。子供と手まりをついて日がな一日を遊んでいるように見えながら、結構生臭いこともなすっていたような気がするのである。

円空も私の中では良寛さまと一卵性双生児である。

自分のなかにうしろめたいものがあったせいか、この人の木彫りの仏さまの顔に、仏というより人間を、狡くて人間臭い人間を感じて困ってしまうのである。

お化け

心掛けが悪いのかめぐり合せがよくないのか、いまだにＵＦＯも人魂《ひとだま》も見たことがない。

ＵＦＯも、見た人は二度も三度も見ているというのに、私は一度も見ていないのである。

「あ、ＵＦＯ！」

とマンションの五階のベランダから夜空に身を乗り出してみると、すこし型の変った貨物用の飛行機だったりする。この間も地方へゆき、見馴《みな》れない物体が空を飛んでいるので、ドキンとしたが、よく見たらファントム戦闘機であった。

夜中に胸が重たくなって、出たか、と思って重たい目をあけると、胸に乗っているのは飼猫なのである。

部屋の隅に白い着物を着たひとが坐っている。あ、嬉しや、遂に私も見ることが出来たのか、と、恐いなかにも嬉しさがまじり、うす闇の中に目をこらすと、自分が脱ぎ捨てた白い洋服だったりする。

縁の深い人が亡くなるときは、虫が知らせるとか、夢枕に立つとかいうことも聞くが、これも私のところには一向にご沙汰がない。

いい気持にぐっすり眠って、大あくびなどしているところに電話があって急逝《きゅうせい》を知らされ、胸騒ぎひとつしなかった自分の鈍さを、情けなく思うのである。

おいしいものを食べたい、面白いものを見たい、という現実的な欲が強く、精神的なよろこびを二の次にする私の性格を、ＵＦＯやお化けのほうもお見通しで、あんな奴のところには出てやるものか、と避けて通っているに違いない。

もっとも何事にも例外はあるもので、私も一回だけはお目にかかっている。

随分前のことだが、永六輔氏が勧進元《かんじんもと》になって、古典落語などの芸を楽しむ小さな集まりを定期的に催されていたことがあった。一時期私も声をかけていただいたのだが、その日はどうしたわけか時間に遅れてしまった。会場になっている地下のスナックに着いたときは、揃《そろ》いの印半纏《しるしばんてん》で入口に立っているモギリのおニイさんも中に入ってしまっていた。私は会費の千円だか千五百円のお金を片手に、灯が消えて真暗になっている会場へそろそろと入っていった。

よく聞かなかったが今夜はなにを見せていただけるのだろうと思いながら、ぎっしりとつまった人の間をかきわけるようにして中へすすむと、柱のかげに見覚えのあるモギリのおニイさんの後姿がある。この人は永さんの子分格の人で、会の事務全般をやっているひとらしい。私はほっとして、その人の背中を突つき、会費を差し出した。

いつもは愛想よく受取ってくださるのが、このときは、はなはだ迷惑そうに低い声で、

「あと、あと」

人の手を振り払おうとする。

私は気の小さい人間である。月賦や借金が出来ないところがある。先に払うものを払ってしまわないと、心底楽しめないところがある。

「でも、出てますから、どうぞ」

「あと、あと」

おニイさんは、前よりもっと激しく私の手を振り払った。

そのとき、急に会場は真の闇になった。ほんのすこし残っていた蛍火《ほたるび》ほどのあかりが消えたのである。

ドロドロドロと妙にゾクゾクするような鳴りものが会場の隅から鳴りはじめた。

このとき、私の手を振りはらったおニイさんは、持っていた懐中電灯で自分の顔を下

から照らした。私はキャッと叫んでしまった。おニイさんは額に白い三角布をつけ、お化けのこしらえであった。

この夜の演《だ》しものは怪談で、おニイさんはムードを盛り上げるための仕出しをつとめていたのである。

たしか、はたちのときだったと思うが、引越しをすると決ったうちへ、一人で泊りにゆかされたことがあった。

父が保険会社の仙台支店長をしていた頃のはなしである。父は責任上、一人で泊りにいったのだが、間もなく電話がかかった。誰か子供をひとり、こちらへよこしなさい、というのである。

父は威張っているくせに淋しがり屋、恐がり屋のところがあり、家具もなにもないガランとしたところに一人で泊るのが嫌だったのであろう。

長女の私がゆくことになって出掛けたのだが、父は私がその家につくと、

「オレは仕事があるから、すまんがお前たのむ」

といって、さっさと帰ってしまったのである。

ひどい親もあるものだ、と私はあきれてしまった。いまにして思えば、テレ屋の父は、年頃になっていた私と二人きりでいるのが気伏《きぶ》っせというか、どんなはなしをしていい

のか見当もつかなくなり、気短かなことも手伝って、帰るより仕方がなかったのだと思うが、そのときは、本当に腹が立ちあきれかえってしまった。

私は万一の用心にと持っていった、銀の飾りのついたフルートを枕の下にしのばせ、風呂敷包みの中からラジオを出してスイッチをひねった。

夏の夜だった。

流れてきたのは、何と、ポーの「黒猫」の朗読である。読み手は徳川夢声であった。

この人は本当に名人だなと思った。

恐くて恐くて、居ても立ってもいられないのである。

私は枕の下のフルートを握りしめた。

スーと戸があいて、白いものが入ってきた。私はフルートを振り上げた。

「電気ぐらいつけとけよ」

白いシャツを着た弟が立っていた。

年頃の娘を一人で置いて帰るとは何事かと、あまりのことに腹を立てた母が、弟を泊りによこしたのである。

私は電気をつけラジオのスイッチをひねって消した。

このときの社宅のあった場所は、仙台は広瀬川のそばの琵琶首《びわくび》というところである。

私は東京で学校へ通っていたので夏冬の休みしか帰らなかったが、このときは琵琶首という地名にも、私はおびえていたような気がする。

この間、お化けに逢った。

といっても、猫である。詩人M氏の飼猫で、名前をお化けという。白と黒のブチの、大柄な牝猫である。大柄なのに妙に物静かで人みしりをする。私が声をかけても知らんプリだが、M氏がやさしい声で、

「お化けちゃん」

と呼ぶと、もっとやさしい声で返事をする。

どちらにしても、私はお化けには縁がないらしい。

声変り

小学生の頃、薙刀《なぎなた》を習った、というと年が知れてしまうのだが、日華事変が烈しくなった頃だったから、体操の時間はもっぱら、白鉢巻をしめて、エイヤアであった。

ところが、このエイ！　という声がなかなか出ないのである。

「八双《はっそう》の構え！」

体操の先生がこう号令を掛ける。

私たちは、おたがいの薙刀がぶつからないように、かなり間をあけて立ち、

「エイ！」

声と一緒に、構えるのだが、私はよく叱られた。

「きりぎりすの真似してるんじゃない」

持って生れたキイキイ声は、頑張れば頑張るほど頭のてっぺんのほうへ抜けてゆく。

クラスのなかで、ただひとり先生の気に入る声の持ち主がいた。先生はKというその子に、みなの前でひとりでやってみるように言われた。

「エイ！」

声だけ聞いたら、とても十二、三の女の子とは思えない。お兄さんかお父さんのような、野太い声であった。

先生は大いに満足され、この人を見習うように、とおっしゃった。いつも目立たないその子が、その日はスターに見えた。

私はこの子とうちが同じ方角だったので、帰り道にどうしたらそういう声が出るのかとたずねた。
K、というその子は、なにも言わずに生垣の葉っぱをむしりながら歩いてゆく。私も真似をして葉っぱをむしりながら、あとにつづいた。その日は、何でもその子の真似をしたいという気持になっていたのだろうと思う。
Kは、むしった葉っぱを口に入れた。私も真似をして、口に入れた。おそろしく青臭かった。Kは葉っぱを吐き出し、私も吐き出した。

「うちね、小さいとき、扁桃腺《へんとうせん》の手術したんよ」

四国の高松は、大阪弁に似た言葉で、女の子はうち、という。私も転校してすぐ、こう言えるようになっていた。

「手術、失敗したらしいわ。もとはこんな声やなかったもの。手術のすぐあと、笑《わろ》うたのがいかんかったのかなあ」

小さい声で話すその声も、やはりお兄さんかお父さんの内緒ばなしに聞えた。

その子は、ひとりごとのようにこう呟《つぶや》いた。

「女の子は声変りせんのやろか」


此《こ》の頃は諦めて止《や》めてしまったが、私はひと頃、テレビに郷ひろみという人が出ると、或る期待をもって眺めて、いや聴いていた。

いまは少年のような声で歌っているが、或日突然、野太い声になるのではないか。だが、デビュウしてかなりになるがいまのところその徴候もなく、毎日が声変り、といった感じで歌っておいでになる。

原則として、男の子は、ある一日を境にして、子供の声から男の声になる。

そこへゆくと女の子は、生れたときから女の声なのであろう。

なかには、声変りをする女もいる。

電話をかけると、女が出る。

機嫌の悪い、さも面倒くさいといった声が、

「もしもし」

といっている。

これも、仕方がないから声を出してやっている、という感じである。掛け違えたのかな、と思いながら、自分の名を名乗り、相手の苗字をたしかめかけると、とたんに相手は、声が変ってしまう。

「まあ、お久しぶり、お元気でらっしゃいます？」

とっさに相手がすり変ったのではないかと思うような変りようである。私もつきあいのいいほうなので、せいいっぱい気取った声になってしまうのだが、天中軒雲月《てんちゆうけんうんげつ》や中村メイコさんを七色の声というなら、こういう人は、何色の声といったらいいのだろうか。


大分前のことだが、テレビ局である歌手の人と一緒になった。

甘くて深い声としっとりした歌い方で人気のあった美しいひとだった。私たちと話す声も、歌がそのまましゃべっているようで、同じ女と生れながら、何という違いかと、悪声の両親を恨みたい気分になった。

やがてその人は先に席を立ち、私も一足おくれてスタジオを出ようとした。出入口のところで声がする。

「何べん言ったら判るんだよ」

低いがドスの利《き》いた女の声である。

大道具のかげで、下を向き叱言《こごと》をいわれるときの姿勢をとっている若い男の姿が見えた。プロダクションの人らしい。

「馬鹿飼っとくゆとりなんかないんだからね、こちとらは」

そっと行き過ぎようとしたら、大道具のかげから、ドレスの裾が見えた。さっきの、甘く深い声でしっとりと話した歌手と同じ色であった。

地下鉄の日本橋駅の改札で、すぐ前に感じのいいカップルがいた。夕方の五時頃である。

会社の同僚といった感じの二十二、三の男女である。固い会社らしく、服装も地味だし、話し方が実に好もしい。ラッシュで前がつかえていたおかげで、二人のはなしをすこし聞くことが出来た。

女のほうが、定期を取り出そうとバッグをあけ、その手が私の体にぶつかった。

「失礼」

これまたいい感じで私に会釈《えしやく》をした。薄化粧で素顔に近い。かなりの美人である。

ホームに下りて、浅草行きが来た。男が乗り、女は手を振って見送った。まだ恋人同士というほどでもないらしいが、それに近い感じがあった。

電車が見えなくなると、女はホームのベンチに腰をおろした。バッグをあけ、口紅をつけた。かなり濃くつけ、目の上に青いものを塗った。馴れたしぐさで、一分もかからなかった。

銀座ゆきの電車が来た。

女がのりこみ、私もあとにつづいた。

電車はひどく混んでいた。

化粧のせいか、そのひとは、さっき、男に手を振ったひととは別人の感じで揺られている。

突然、声がした。

「あんた、なにすんのさ」

さっきのひとである。

すぐうしろにいた、くたびれた中年サラリーマン風が、偶然どこやらに手がさわったのか、いかがわしい行為に出たのか、とにかく男をとがめる声であった。その声は、ついさっき、私に「失礼」といった声とは、全く別のひとのものだった。

声変りは、女もするのである。

脱いだ

年寄りのいるうちに育ったせいか、いまでも、沢庵《たくあん》や胡瓜《きゆうり》の漬物を小皿にとるとき、三切れはさむことが出来ない。二切れか四切れである。

三切れは「身を斬る」といって、縁起が悪いと子供の頃に教えられたのが、骨のズイまでしみ込んでいるらしい。

祖母は一切れというのもよくないといっていた。

「人を斬る」といって、本当かどうか知らないが死罪になる人の、最後に食べる香のものが一切れだったという。

このあたりは、まだ腰に大小を差していた頃の作法の名残りであろう。

それでなくても日本人は塩分を取り過ぎなのだから、二切れも四切れもとってショッパイのを我慢して食べることは、それこそ「わが身を斬る」ことになると判っているのだが、箸をとると、やはり、二切れ四切れと偶数をはさんでいる。

「お刺身は七五三だよ」

と教えられた覚えがある。

うちで魚をおろし、サク取りをして刺身をつくることは、此《こ》の頃は滅多《めった》にないが、昔は、どこの台所にも出刃の一本やそこらはあって、よく鰹《かつお》や鯛などをつくっていた。七五三といっても、一人十五切れということではなく、奇数で盛りつけたほうが型がキマるというほどのことらしい。

私も、ためしてみたが、お造りの場合、たしかに二切れだの四切れ六切れだと、キリッとしない。思い込んでいるせいであろうが、奇数のほうが、新鮮でおいしいような気がするからおかしい。

「夜、爪を切ると親の死に目に逢えないよ」

いまの若い人に、こういわれたことない？　と聞くと、半分ぐらいの人が、そういえば、とか、どこかで聞いたことがあるわ、とおっしゃる。

私が子供の時分は、かなり大まじめでいわれていた。

小学校二年だか三年のときに、湯上りに裁《た》ちバサミで足の爪を切っているところを父にみつかり、ひどく叱られたことがある。

「お前は親の死に目に逢えなくてもいいのか。親不孝者め！」

青筋を立てて叱言《こごと》をいっているうちに、どうやら自分の死ぬときのことでも想像したらしく、妙にたかぶり、声をふるわして怒るものだから、おっかないことはおっかないのだが、なんだかおかしい。

自分でも怒りながら、すこしヘンだと思ったらしく、

「今度から、気をつけろ」

といって、裁ちバサミを取り上げて行ってしまった。

自分の部屋へ入ってゆき、何か音がしているので、そっとのぞくと、父は半紙を切って、おはらいのとき神棚に上げるビラビラしたものをつくっていた。

神棚にそんなものを供える時季ではなし、あれはきっと父のいたずらなのであろう。なんだかおかしかったのを覚えている。


夜爪を切るとどうして親の死に目にあえないのか。

あれは多分、昔、電気がなかった頃は、ロウソクや行灯《あんどん》のあかりで、手許が暗かった。そんなところで爪を切り、深爪をしたりしてバイキンが入ると、抗生物質などないので、それがもとで面倒なことになったりしたこともあったのであろう。

父は自分ではそう言って叱りながら、晩年はよく湯上りに、母に足の爪を切らせていた。

「親のいない人間はいいんだ」

母親を見送って、さしあたって葬式を出す心配のない父はそういって威張っていたが、夜の静かな茶の間にひびく、パチン、パチンという音は、紙や糸や布や、ほかのものを切るのとはすこし違って、すこしばかり重たい感じがした。

父が帰ってこないのを幸い、こたつのそばで夜、爪を切り、爪のかけらがこたつに飛び込んで、ニカワのこげる匂いが茶の間にただよい、あわてて線香をつけてごまかしたこともあった。

いまの新しい家庭では、どうなのだろう。爪はいつ切ってもかまわないのだろうか。

学校へ出かけるときになって、セーラー服のスナップやボタンがブラブラになっているのに気がつくことがある。

脱いでから、つけ直してもらったところで何分かかるわけでもないのだが、遅刻は子供にとって、何よりもきまりが悪く嫌なのである。

気がせくので、玄関で立ったままつけてもらう。

こういうとき、祖母は、

「脱いだ」

と言わせてからでないと針を使わなかった。

早くお言いよ、といわれても、気もそぞろだったり、そんなこと言わなくたっていいじゃないの、などと言っていると、祖母は、

「しようがないねえ」

といってから、

「脱いだ」

と、代りに唱えていた。

この癖も体にしみついているとみえて、いざ出掛ける、となって、スカートの裾がおりていたりすると、私はいまでも、「脱いだ」と叫んでは、立ったまま、せわしなく針を使うことがある。


NHKは、巨大な建物である。

おまけに入口が二カ所あって、階がちがうものだから、はじめの頃はよく途中で判らなくなった。

多分このあたりと見当をつけて、テレビの演出の部屋や試写室をたずねながらゆくのだが、途中であえなく遭難して、廊下にある公衆電話で担当のかたを呼び出しては迎え

にきていただいていた。

ＮＨＫは廊下も広々とっていて、ちょっとしたホールぐらいの幅がある。中央はガラスで吹きぬけになっていたりして、迷ってオタオタしている己れの姿が写るようになっているのも芸が細かい。

「阿修羅《あしゅら》のごとく」という番組をやっていたので、季節はたしか冬であった。私は試写をみるために廊下を小走りに歩いていたのだが、妙に歩きにくい。

座業で運動不足なので、遂に足にきたかと不安になりながら、ふとわが足許をみると、なにやら黒い長いものが黒いニットのパンタロンの裾から、はみ出してくる。なんだろうと思い、ひっぱったら、スルスルといやに長いのが出てきてしまった。何ということだろう。黒いパンティストッキングが、自分のはいているほかにもう一枚、パンタロンにくっついていたのであった。その前外出から帰ったとき横着して、一緒に脱いだのがいけなかったのだ。

廊下の向うから和田勉《べん》氏が手を振りながら、

「おつかれさまでした」

大音声《だいおんじょう》でやってくる。

わが人生であんなに困ったことはなかった。

いちじく

このところ、いちじくの料理に凝っている。

料亭で出たいちじくの胡麻味噌掛けの一皿がとてもおいしかった。胡麻味噌は黒胡麻である。とろりとした舌ざわりも香りも、ほんのりした甘味もみごとであったが、胡麻をこれだけ摺《す》るには、腕がくたびれるほど摺らなくてはならない。

子供の時分に、母や祖母の手伝いで摺り鉢を押える役目をさせられた。台所の床に坐り、力いっぱい大きな摺り鉢《ばち》を押える。ちょっと油断すると、摺り鉢はかしいでしまって、

「どこ、押えてるの」

と叱られた。

一人暮しで、摺り鉢を押えてくれる人間もいないので、当り胡麻を作るときは小さな

乳鉢《にゅうばち》を使っているのだが、なんだかトリの摺り餌をつくるようで味気ない。

いちじくは食べたし、胡麻味噌は面倒だし、と思っていたら、友人からいちじくの酢味噌掛けが届いた。

いちじくは蒸したのと生《なま》と二通り入っている。それぞれにおいしかった。早速《さっそく》真似をしてつくってみたのだが、このとき十年以上も前に、なにかの雑誌で読んだ記事がふとよみがえった。

書かれた方は、吉川英治氏である。

いちじくを、ウイスキーだったかブランデイだったか、とにかく洋酒だけでことこと煮る。ただそれだけだが、とてもおいしい箸休めになるとあった。たしかそんな記事を読んだような気がする。

そのうちやってみよう、真似をしてみようと思いながら、ついついそのままにしていたのを思い出したのだ。

善はいそげ。

私はつくりたい料理をつくるとき、原稿の締切が迫っていて、本当は料理に励むより字を書かねばならないとき、自分にこう号令をかける。

近所のスーパーへ走って、いちじくを一パック買い、皮をむいて、琺瑯《ほうろう》の鍋にならべた。

ウイスキーを、すこし勿体《もったい》ないな、と思いながら、ひたひたに注ぎ、煮たったところで火を細めて十五分ほどことこと煮た。

煮汁ごと冷ますと、いちじくは半分透き通り、アルコールの匂いは飛んで旨味だけが残り、これを冷たくして酢味噌を掛けると、なかなかおいしい一品になった。

いちじくに薄味をつけ、酢味噌を掛けずに食べるやり方も、近く研究してみるつもりである。

酢味噌掛けのほうは、生のいちじくでもかなりおいしい。この場合は、いちじくをほんの少し熱湯につけると、薄皮が楽にむける。天地を落して半分に切り、切口に味噌をかければ出来上りである。凝り性なので、この二、三日、たて続けに食べている。

いちじくはひと頃、生ハムに添えて食べるのに凝ったことがあった。よく生ハムとメロンの取り合せがおいしいというが、私はメロンの甘味よりいちじくのあるかなきかの酸味が好きだ。

二十代のある時期住んだうちに、大きないちじくの木があった。季節になると食べ切れないほどの実をつけたが、自分のうちにあると思うと食べたくなかった。ジャムにしたり料理法を変えて食膳にのせようなど、考えもしなかった。

庭もなくいちじくの木もない殺風景な街なかのアパート暮しをするようになって、私は一パック六個入り四百円のいちじくを買い、改めてその大人っぽい味に感心しているのである。

　まさに昔はものを思わざりけりである。自分のうちにあるというだけで、有難いと思わずに見過していたのである。


　うちは女姉妹が三人いるので、よく取り替えっこというのをした。

　季節の変り目や大掃除のときに、着あきた洋服やベルト、バッグなどを妹たちに払い下げたり、新しいハンカチ二枚と取り替えたりするのである。

　私は長女なので、そこは大様《おおよう》に構えて妹たちから見返りなど取らず、気前のいいところを見せるのだが、何日かたって、妹たちが私のお下げ渡しした品を、私よりも上手に着こなしたりしていると、すこし心おだやかでないものがある。早まったな、という気持になる。

「悪いけど、カン違いしてたのよ。それ返してくれないかなあ。代りに別なの上げるから」

　そう言って、再度取り上げたこともあったが、そういうときの、妹たちの軽侮に満ちた眼《まな》ざしと、自分の年を考えて、最近は取り返すことだけはしないようにしている。

「似合うじゃないの。やっぱりモノのいいものは違うなあ。あんた、品よく見えるわよ」

などと、お世辞だか恩着せだか判らないセリフを言いながら、自分の手許にあったとき、どうしてこのよさに気がつかなかったのかと、このときもかなり口惜しい思いをするのである。

パーティに出掛けてドキッとするのは、もと夫婦で、いまは別れた人たちがバッタリ顔を合す現場に居合せてしまうことである。

ご主人のほうと私がしゃべっている。

あ、と思う。

向うから、もと夫人がやってくる。二人とも、私にとっては友人である。

こういう場合、どうしたらいいのか、とっさに判断がつかない。わざと知らん顔をするのもわざとらしいし、と気をもんでいると、ご主人のほうも同じ気持とみえて、とたんに話の受け答えがおかしくなってくる。さりげなく世間ばなしをしているようにみえて、心ここにないのである。

夫人のほうが、こちらを見て、あらという顔をする。

さっきから気がついていたのだが、気持を決めるのに、三秒か五秒かかったらしく、気がついてから、あらまで時差がある。

にこやかに歩み寄り、

「お元気ですか」

「おかげさまで」

わざと礼儀正しい挨拶があり、またにこやかに右と左に別れてゆく。

もと夫人のほうは、もとご主人のワイシャツの衿《えり》の汚れ具合からネクタイ、靴までさりげなく視線を走らせ、もとご主人のほうも、もと夫人の衿足、胸もとあたりを、チラリと一瞥《いちべつ》する。

別れた女は、その直後、華やかな席に出るとき、特にその席で、もとご主人に逢う可能性のあるとき、例外なく前より化粧が濃くなり身なりにも気を遣い、若々しく美しくなっている。

私はこのあと、偶然に、もとご主人のほうのグループと二次会をつき合う破目になったが、どういうわけか、もとご主人は水割りのお代りのピッチがいつもより早いようであった。

「う」

毎度古いはなしで恐縮だが、戦争が終って一番はじめに見た映画は「春の序曲」であった。

ディアナ・ダービンとフランチョット・トーン主演のアメリカ映画である。今から考えれば他愛《たわい》ない代物《しろもの》で、筋もなにも忘れてしまったが、ひとつだけはっきりと覚えているのは、この映画のなかではじめてアメリカの台所をのぞいた、ということである。

場所は、あれはニューヨークかサンフランシスコか、ともかく、超モダーンなアパートらしかった。日本にマンションという言葉など生れる遥《はる》か以前のことである。

フランチョット・トーン。この人はアメリカ男にしては渋くて粋《いき》な二枚目だった。

かなり金廻りのいい男という役どころで、豪華なアパートで独身をたのしんでいる。

昼間、急に自分の部屋へ帰ると、肥った家政婦が、台所で料理をしている。

この台所が、ため息が出るほど凄《すご》かった。広い居間の中央に、丸くせり出した、いまでいうアイランド（島型）・キッチンというのだろうか。

ぐるりがカウンターのようになっており、立ち働くところは一段低くなって、そこにガス台や調理台、冷蔵庫がみな組み込みになっている。

映画はたしか白黒だったと思うが、台所すべてが、金属と透明な素材でキラキラと輝いているのである。

もっとおどろいたのは、家政婦の使っている鍋であった。何と透き通っている。

金属のフライ返しのようなもので、魚のムニエルを作っているのだが、あんな強火でパチンと割れないのだろうか。

強化ガラスをまだ知らなかったから、それは手品を使っているとしか思えなかった。

しかも、いきなり入ってきたフランチョット・トーンは、家政婦に向って、手をひろげて肩をすくめ（このしぐさも台所ほどではないが、目新しいものにみえた）、

「ぼくは魚の匂いは弱いんだけどなあ」

という意味のことを、しゃれた感じで言う。

肥ったメイドは、決して卑屈ではなく、むしろ堂々とした態度で、

「今日は仕事はお休みの日だから、いいでしょ」

というようなことを言っている。

どうやら、その日は、メイドは働かなくてもいい日らしい。透き通った鍋でソテーし

ている魚は、メイドが自分のために作っているおかずであった。

三十何年前の記憶だから、多分正確ではないと思う。

だが、あのピカピカ輝く機械のような台所と、透明な鍋と、魚問答でみせた人間関係の新鮮さは、アメリカという国を理解するいとぐちになった。いや、これは飾った言い方である。私はアメリカ文化を、まず台所から覗いたのであった。


「春の序曲」ほど古くはないが、若乃花——といっても先代で、いまの二子山親方だが、この人の印象に残る写真と記事もやはり食べもののことであった。

大きなグラフ雑誌の、たしか巻末の一ページに、大関かなにかに昇進した、当時人気の若乃花関は、まわしひとつの姿で、足を投げ出した格好で坐っていた。

四角いいろりのそばだったような覚えがあるが、この部分はすこし、自信がない。

この写真と記事のねらいは、「私の好物」といった趣向らしく、若関は「団子」をあげていた。

そのなかで、夫人はミシンを踏んで洋裁の内職をしている、と率直に語り、

「好きな団子も自分で作って食べます」

という一行があったような気がする。

記憶違いだったら、手をついてお詫びをしなくてはいけないが、私はこの一枚の写真

とこの一行で、若乃花に惚れてしまった。

ほかの横綱、大関よりひとつ見おとりのする体。踵《かかと》に目のある若乃花といわれ、土俵ぎわに足がかかっても、まだねばり逆転する姿に溜息をつきながら、この一行がちらちらした。

私はひいきの関取も、食べものから入るのである。


女のくせにだらしのないたちで、抽斗《ひきだし》をあけて、探すものがすぐに出たためしがない。大事なものは、失くしたら大変と整理して仕舞い込むのがいけないらしく、さあ、というときになると、どこへ入れたのか判らなくなる。

そんなこんなで心ならずも国民年金もあやうく失格するところだったし、税金も期限までに納付書が見つからず、あちこち引っくりかえしているうちに納期を過ぎてしまい、ひと様にも迷惑をかけ、自分も不便をしてきた。

これではならじと一念発起して、七段になった整理棚を四つ買ってきた。税金、年金、名刺、などとインデックスをつくり、――威張っていうはなしではないのである。他人《ひと》様《さま》は当り前のこととして実行なさっているに違いないが、よろずおくての私には、これでも文化大革命なのである。とにかく、居間の一隅に据えつけたのだが、目的通り区分けして物を整理し、入れたのは、はじめの半月であった。

あっという間に、年金と税金と領収書は入りまじり、手紙と海外旅行関係は同居して、ごちゃごちゃになってしまった。

そのなかでただひとつ、厳然とそれひとつを誇っているのは「う」という箱であった。

「う」は、うまいものの略である。

この抽斗をあけると、さまざまの切り抜きや、栞《しおり》が入っている。

焼あなごの下村、同じく焼あなごの高松・こぶ七や仙台長なす漬の岡田、世田谷にある欧風あられの幸泉、鹿児島の小学校のときの先生が送って下すったかご六の春駒。

仕事が一段落ついたら、手続きをして送ってもらいたいと思っている店のリストである。この次京都へいったら一番先にいってみたい、花見小路のおばんざい御飯処《ごはんどころ》。高山のキッチン飛騨。

物臭《ものぐさ》で仕事のためにはメモを取るのもおっくうがるのが、貸本の婦人雑誌でみたいわしの梅煮や大根と豚肉のべっこう煮などというのは、ちゃんと、あとあとまで読める字で、写しをとってホチキスで束ね入れてある。

この情熱の半分でもいい、仕事に廻したら、すこしはましなものが書けると思うのだが、台所と食器には身分不相応のお金と労力をかけたものの、机及びその周辺は、十数年前の、ほんのあり合せを不便さをかこちながら、使っているのである。

人は「う」のみにて生きるにあらず。お恥しいかぎりである。

虫の季節

器用貧乏なほうで融通の利《き》くたちだから、どんな商売でも何とかやれると自惚《うぬぼ》れているが、ふたつだけは駄目である。

ひとつはボタン屋である。

生れつき整理整頓ということが出来ない性分で、特に、もとあったところへ戻して置くという単純なことが出来ない。

耳掻《か》きでも鋏《はさみ》でも、あとで戻しておけばいいや、というのでそのへんに突っ込んで置き、判らなくなってしまうのである。

私がボタン屋の店員になったが最後あの気の遠くなるほど沢山《たくさん》の種類のボタンは、分類別の抽斗《ひきだし》に戻らずバラバラになって、客に言われたボタンが出てこないに決っている。

もうひとつ、これこそ絶対に出来ないのはスパイである。

ブン殴られたり蹴っとばされたりは、明治生れの父親に鍛えられているからかなり頑張れるほうだと思うが、蛾と蝶々を押っつけられたらもう駄目である。ギャアと一声。国家の機密だろうと何だろうとジャンジャン洩らしてしまうに決っている。

蟬。とんぼ。毛虫。ゴキブリ。とにかく虫と名のつくものはみな駄目である。

なにしろ本屋の書棚で『羽蟻《はあり》のいる丘』という題名を見ただけで、北杜夫氏には何の恨みもないのだが、総毛立ってくるのだから、これからの季節は大変である。

たしか五つか六つのときだった。

季節も今時分。夏のさかりだったと思う。

今でもその傾向があるのだが、私は寝起きにぼんやりする癖がある。そのときも、半分目をつぶったままという感じで洗面所にゆき、グブグブと音だけ立てて口をゆすぎ、目のところだけおしるしに水をつけた。

目をつぶったまま、くるりとうしろを向き、決りの位置にかけてある自分のタオルを、タオル掛けからはずさず、そのまま顔を拭いた。

何かが顔にあたった。

いやにゴソゴソする。洗濯バサミにしてはやわらかい。

タオルにくっついていたのは、キリギリスであった。

私は大声を上げて泣き叫んだ。そばの小部屋の母の鏡台のところで、革砥《かわと》で剃刀《かみそり》を砥いでいた父が飛んできた。

キリギリスの肢《あし》が、細かいイガイガが生えているせいであろう、ピクピク動きながら私の眉のところに引っかかって取れない。ほっぺたのところにも、なにかくっついている。青臭い匂い。その気持の悪いといったらなかった。

父も虫は嫌いなたちで、毛虫もつまめない人間だが、さすがに男親である。一世一代の勇気を振りしぼったのだろう、私の顔にくっついたキリギリスのなきがらを取ってくれた。

尚《なお》も激しく泣き叫ぶ私を小突きながら、

「泣きたいのはキリギリスのほうだろう。馬鹿！」

とどなった。

私の虫嫌いはますます本格的になった。

ネズミを獲る猫をネコといい、蛇を獲ってくるのをヘコ、とんぼをつかまえるのがうまいのをトコという、と書いたのを読んだことがある。

庭のある一戸建てに住んでいた時分に飼っていた黒猫は、スコであった。つまり雀獲りの名手なのである。

　霜が下りているような寒い朝でも、彼は植え込みのかげに腹這いになって雀を待った。三羽、五羽と芝生に下りてきて、羽虫をついばんでいる雀が、ひと安心した頃合いを狙《ねら》って躍りかかるのである。滅多《めった》にハズしたことはなかったが、それでもたまにしくじることがある。

　雀が一瞬早く猫に気がつき、パッと飛立ってしまうのである。こういう場合彼は、必ず同じ動作をした。

　その場で急にせわしなく毛づくろいをするのである。失敗したテレかくしかな、と思い、それにしてもしくじるたびに同じ動作をするので、面白半分に動物学の専門書をみつけて調べてみた。

「すり替えのエネルギー」というのであった。何かしようとするエネルギーが急に中止になった場合、もってゆき場がなくなる。そこで同じ程度のアクションをしてエネルギーを使って埋め合せをするらしい。

　猫のおかげでひとつ利口になったわけだが、この雀専門のスコが、昼寝をしている私のそばへ来てじゃれ、顔をなめて遊んでくれとせがんだ。

　いやになまぐさい。餌の魚でも食べてきたのかしら、とひょいと目を開けたら、私の顔のすぐ横に半分食べかけの蟬がころがっていた。

私の叫び声は、子供の頃キリギリスで顔を拭いたときと同じだったに違いない。気がついたら、猫を二つ三つブン殴り、水風呂に入って体を洗っていた。雀専門のスコだと思っていたら、蝉もとるセコだったのである。

車を持たず腕時計、電気洗濯機、ピアノ、夫、子供、別荘、なんにも持っていない私を可哀そうに思うのだろう、前はよく友達が自分の別荘に招いてくれた。

はたから見ているといいようだが、別荘というのも自分で持ってみると、なかなか手のかかるものである。

専従の管理人を置いておけば別だが、行ってみると、蜘蛛《くも》の巣が張っていたり、二、三日友人に貸したあとだと、炊飯器にご飯を残し忘れ、すさまじい青黴《あおかび》になっていたりする。アベックでも忍び込んだのか、サン・ルームの窓ガラスが割れ、落花《らっか》狼藉《ろうぜき》、子供連れだったら、あわてて目隠しをしなくてはならないものが落ちていたりする。だが、私にとってそんなものはいいのである。

困るのは虫である。

どこから忍び込んだのか、天井の隅にはりついている蛾を、一匹残らず外へ追い出してもらわないと、ご不浄にもお風呂にも入れないのである。

蛾がこわい、と金切り声を上げて似合う年でも柄でもないことは百も承知で、食事中、

網戸《あみど》の向う側に灯を慕《した》ってへばりついている蛾を指さし、

「あ、いま、あの蛾と目が合った」

などと叫んだりする。

とても面倒がみきれないというわけであろう、去年あたりから誰も声をかけてくれなくなってしまった。

自業自得である。

今年の夏は、虫がいないだけが取柄《とりえ》の四角いコンクリートの部屋で、テレビの脚本を書いて過すことにしよう。

そんなわけで虫偏のつく字でただひとつ好きなのは「虹」という字だけなのである。

黒い縞馬

二十年だか二十五年前だか忘れてしまったが、まだ海外旅行の珍しかった頃、アメリカを一廻りして帰ってきた友人が、アメリカには面白い形式の大型店舗が大流行していると話してくれた。

「デパートとはちがって、食料品と日用雑貨だけなんだが、これが飾りっぱなしで店員は一人もいない。客は、車のついた籠に買いたいものをほうり込み、帰りに出口で計算して金を払って帰ってくる仕組みになっている。いまに日本でもはやるんじゃないか」

同席していた男性が、反論した。

そんな店は万引きで、三日でつぶれるというのである。

「もし、オレの意見がはずれたら、銀座を逆立ちして歩いてみせる」

今でいうスーパーだが、このシステムを考えたのは、エラい人である。何という名前の人だろうと言ったら、そんなことは三つの子供でも知っているという。

「スーパーマンといいたいんでしょ」

私だってそのくらいの見当はつくのである。

世の中、日進月歩――こういう言葉がカビくさく思えるほど、物凄《ものすご》いスピードで、すすんでゆく。

そんなものは絶対に流行《はや》る筈がない、などと断言して賭けに応じたりすると、あとで痛い目を見ることがある。

私の母方の祖母は、娘時代、母親の反対で歯ブラシを使わせてもらえなかった。

「あんなもので歯をこすると、歯グキが長くなってお嫁のもらい手がなくなる」

というので、指に塩をつけてゴシゴシやらされたという。

このおっかさんは、トマトにも敵意を示した。

「赤茄子《あかなす》は異人さんの食べるものだよ」

明治維新の頃から見ると、私たちはもう半分異人さんなのかも知れない。衣食住も、気持のほうも。

ところで、スーパーのはなしだが、私の住んでいる青山通りは、スーパーのメッカともいうべきところで、大きいのが四軒、老舗《しにせ》、新店、妍《けん》を競ってにぎにぎしく人を集めている。

半年ほど前のことだが、このなかの老舗格の店へ買物に行った帰りである。

この店の前の街路樹にはよく犬がつながれている。外人客も多いので、珍しい犬を見かけることもある。手入れもよく躾《しつけ》もいい犬たちを見るのは、アパート暮しで犬の飼えない人間にとってはささやかな楽しみである。

その日は、犬は一頭も見かけず、代りに乳母車がひとつ置かれていた。なかなか洒落《しゃれ》たデザインの乳母車だったが、乗っている赤ちゃん、といってもかなり大きく、ぼつぼつお誕生が近いのではないかと思われる日本人の女の子だったが、これが絵にかいたように可愛いのである。

お母さんはなかで買物かな、ひとりで大丈夫なのかな、と心配半分、可愛いので見とれるのが半分で眺めていたら、私と一緒にスーパーを出て来た外人の男性も、同じ気持なのであろう、立ち去り難《がた》いといった風情《ふぜい》で、紙袋を抱えながら立っていた。

彼は、かなり長身の黒人の青年だったが、その赤ちゃんのそばに歩み寄り、舗道に膝をついてあやしていた。

そして、可愛くて仕方がない、といった感じでキスをした。額や頬ではなく、唇の上に、正式に、である。

私は一瞬はっとした。

息苦しいような気分になった。

今にも、スーパーから出て来た赤ちゃんの母親が、黒人青年の胸倉《むなぐら》をとり、

「なんということをなさるの」

と、罵《ののし》るのではないか、と思ったが、それは杞憂《きゆう》だった。

私と同じように、少しびっくりして足をとめた二、三人の通行人はいたようであったが、黒人青年はごく自然に立ち上り歩み去り、赤ちゃんは泣きもせず、あとはおだやかないつもの青山通りなのである。

私が母親だったら、どうするだろう。

やはり、とがめずには居られないような気がする。犯罪といってしまうと酷だが、微笑(ほほえ)ましい情景といってそのままにはしにくいものがある。

もし、黒人青年でなく、アラン・ドロンであったら、どうであろうか。また、日本人の男であったら、どうだろう。

アラン・ドロンだったら、面喰《めんくら》いながらも、ちょっぴり光栄という気になり、日本人の男だったらいきりたって謝らせ、黒人青年だったら冗談じゃないと顔色が変る。こんなところが正直な反応ではないだろうか。

ケニヤに動物を見にいったとき、キクユ族の女子大生に案内してもらってナイロビ市内を二人きりで歩き廻った。

このとき、一口に黒人といっても、実に多種多様の皮膚の色、はっきり言えば黒さがあることが判った。

黒くてピカピカもあれば、同じ黒さでも消し炭色もいるのである。

ブラック・イズ・ビューティフル、などとおだてられているが、彼女たちの本心をきくと、やはり白いほうがいい、白くなりたい、少しでも白いほうを美しいと思っている。というのが本音《ほんね》のようであった。

ケニヤには、

「苦労したから色が黒くなった」

という諺《ことわざ》があることも、そのとき習った。

下町の黒人街の映画館に入り、インドの甘ったるい青春映画を十分ほど見て、二階にある小さなバーへ入った。

黒人の男女でいっぱいであった。

仲間に入れてもらい、一緒にビールを飲んだ。

キラキラ光る知的な美しい目をして、私なんぞより何倍も上品な発音で、完璧《かんぺき》な英語を話す人たちもいた。

お酒がまわり酔ってくると、黒い顔が内側から灯がともったように赤らみはじめ、ちょうど茹《ゆ》で小豆《あずき》のようなやわらかい色になることをはじめて知った。

素朴な疑問だが、神様はなぜ人間にこんなにも複雑な皮膚の色を与え給うたのであろうか。

同じケニヤで縞馬の大群を何度も見かけたが、いずれも白と黒の縞馬で、いくら双眼鏡をのぞき込んでも、白い縞馬や黒い縞馬は、ただの一頭もいなかった。

兎と亀

四歳になる甥を一晩預ったことがある。はじめてうちを離れてよそのうちに泊る幼い孫に添い寝をしてやりながら、母はお伽噺《とぎばなし》をしてやった。桃太郎、花咲《はなさか》じいさん、カチカチ山、と数ばかりいって、孫はなかなか眠らない。

眠るどころか大きな目で、母をじろりと見て、こう言ったそうだ。

「おばあちゃん、ぼくぐらいのとき、なに考えてた？」

あんなに困ったことはなかった、と母は言っていた。

ぼくたち、もうそんなお伽噺、信じちゃいないんだよということなのであろう。いまの子供は、怪獣映画やドラえもんは信じても、川から大きな桃が流れてきたり、やたらにおじいさんやおばあさんが出て来て、のんびりと展開する日本のお伽噺は、パンチがなくてつまらないのだ。

それにしても、日本のお伽噺は、どうしてこうおじいさんとおばあさんばかりなのだろう。

カチカチ山、舌切り雀、浦島太郎、桃太郎、かぐや姫、一寸法師。

どこにも若い夫婦、壮年男女は主人公として登場しない。年寄りと動物、老人とごく幼いものの物語である。盛りの人間がまじると、話がなまなましくなるのかも知れない。鍋にして食べられるのがおばあさんだから、聞くほうは助かるのだろうか。

無学な人間の想像だが、昔、子供の守りや寝かしつけるのは、もっぱら老人の役目だったのではないだろうか。老人たちは、孫に自分を主人公にしたはなしを聞かせてやる。現実には、体も利《き》かず人を育てる役目も終り、厄介者《やっかいもの》扱いされかかっている老人が、話の中では生き生きとして主人公を演じている。どこかで見聞きした話に尾ひれをつけ、自分を被害者に仕立てながら、ちょっぴり夢をまぜて、幼い者に話して聞かしたのではないか。

桃太郎には、老人の夢が、浦島太郎には老いた男の夢と諦めが、みごとに語られている。

深夜のテレビコマーシャルによく登場するキャバレーに「ウラシマ」という名前がある。

まさかうちへ帰って財布をあけてみたとたん、頭が白くなるわけでもないだろうが、よくも考えたネーミングだと、いつも感心しながら眺めている。

私は早口である。

十年ほど前、黒柳徹子、中村メイコさんたちが出演する連続ラジオドラマを書いていた時分、よく三人でおしゃべりをした。そばで聞いていた牟田悌三《むたていぞう》さんが、ふふふと、ゆっくり笑って、

「普通の倍はつまってるなあ」

と言われたのを、いま思い出した。

つまっている、といったのは、中身が充実しているというのではない。三人揃《そろ》って早口なので、量ということであろう。

日本で一、二を争うお二方に鍛えられなくなって、私も此《こ》の頃大分スピードが落ちて来たが、それでも、ゆったりと品よく話す育ちのいい奥様族にくらべると、かなりのものである。忙しいときなど時間の節約になっていいでしょうといわれるが、これが反対なのである。

電話などで、相手に用件を伝える。

つい早口になってしまうらしく、

「恐れ入りますが、もう一度」

といわれる。

繰り返す。それでも駄目で、

「念のためもう一度」

結局、同じことを三回しゃべらされる。これなら、ゆっくりと一回しゃべったほうがよほど早かったと後悔するのだが、持って生れた癖はなかなか直らない。

こういうとき、私はちらっと「兎と亀」のはなしを思い出す。

朝夕のラッシュの時間にひっかかっている。あぶないかな、と思いながら、気のむくままにタクシーに乗る。

案の定、渋滞に巻き込まれて、にっちもさっちもゆかなくなる。いったん追い越した歩道の人が車を追い越してどんどん先にいってしまう。

こういうときも、「兎と亀」だな、と思う。


一番好きなテレビ番組は、お稽古の番組である。特にＮＨＫ教育テレビの子供のための、ヴァイオリンやピアノのレッスンの時間は大好きで、うちにいると、必ずといっていいほど見る。

大分前のことだが江藤俊哉氏のヴァイオリンは、下手なショー番組より数等面白かった。

小さなヴァイオリンを構えて弾く、七つか八つの子供に対して、江藤氏は、

「なんだ、この爪は。汚ないなあ」

ずけずけ言われる。

子供の爪は、ギザギザに伸び黒いものがたまったりしている。

ついさっきまでいたずらをしていて、そのままスタジオに飛びこんで来たという感じのプックリした子供の手が画面いっぱいにクローズアップされる。

「こんな爪じゃ、いい音は出ないよ」

江藤氏の言い方は、手きびしいが、叱りかたの熱さとお人柄のせいであろう、叱られた子供は、別にいじける風もなく、

「ハイ」

と言って、堂々と練習曲を弾いて聞かせてくれる。

弾き終るや否や、さっさと席にもどった子供に対しては、

「駄目駄目！」

声を荒げて叱り、

「演奏は余韻《よいん》が大事なんだ。弾き終って、さっさと引っ込んだら、拍手はこないよ」

ご自分も弾く真似をされ、弾き終りのしばし目を閉じて、という場面をしてみせて下さる。子供を相手に大真面目である。

私は涙をこぼして大笑いしながら感動した。こんな風に音楽を習える世代がつくづく羨《うらやま》しかった。感動と羨望《せんぼう》と嫉妬の目で、私はこの種の番組を見ている。

戦争でお稽古らしいお稽古が出来なかったせいか、私は今でも、ピアノやヴァイオリンや語学を習いたいという夢を捨てることが出来ない。習いたいと思いながら、時間のゆとりがなく、いつになっても出来ない自分に焦っている。

ところが、同じような青春を送った筈の友人たちは、私ほどガツガツと習いごとに飢えていない。なぜだろう、性格の違いかなと思っていたが、この間クラス会に出てみて、そのわけがわかった。

子供の三人いる私の友人は、長女が英語とお料理、書道、次女がピアノとフランス語、長男がピアノを習っている。ご本人は私と同じで無芸大食なのだが、彼女は実にゆったりとしている。

子連れは、子供の才能もわが財産なのである。若いときからあくせくとして来た私は「負けたなあ」と思った。

「兎と亀」のはなしは、こういうときも、ふと頭の隅をよぎるのである。

職員室

雨の日は電話のベルも湿って聞える。

その電話も、くぐもった声でベルを鳴らした。受話器を取ったら、小学校のときの先生であった。

「あ、先生。ご無沙汰《ぶさた》しております」

私は小学校一年生のような声を出してしまった。左手はひとりでに動いて、仕事をするときに髪を縛るネッカチーフを取り絨緞《じゅうたん》の上に正座をしていた。

今の子供が見たら、

「おばさん、なにやってンの」

と笑われるに決っている図柄であろう。

知人の子供たちと先生が恐いか恐くないかというはなしをしたことがあった。

子供たちは小学生と中学生だったが、先生が恐い、といったのはひとりもいなかった。先生より用務員のおじさんのほうがおっかないといった子もいた。

「じゃあ職員室へ入るときも平気なの」

「平気だよ」

「ドキドキしない？」

「全然」

ひとりの男の子だけは、

「好きな先生がいると、ドキドキする」

と答えた。


私が子供の頃、職員室というのは特別な場所であった。

何か用があって、職員室へ入るときは、いつもドアの外でひと呼吸して、セーラー服のリボンが曲っていはしないか、と身づくろいしながら、粗相《そそう》のないようにしゃべらなくては、と気を遣った。

一人でゆく度胸のない子は、友達に一緒に行ってもらっていた。先生方のなかにもやさしい先生とおっかない先生がいらした。職員室に入る前に、廊下からそっとのぞいてガラスの向う側がこわい先生ばかりだと、そのへんをひと廻りしてきて、またのぞいたりしていた。

あれは高松の県立高女一年のときだったが、体操用具のことで急に報告する用があり、私は職員室へ飛び込んだ。

戦前のことでもあり、躾《しつけ》のきびしい学校だったから、ドアをあけたところで大声で自分の名前を名乗る。

「一年×組、向田邦子!」

それから「××先生、お願いします」

と叫ぶのだが、そこで私は、はたと絶句してしまった。

体操の先生のあだ名しか思い出さないのである。

定年近いその男の先生は、あだ名を「オオブッつあん」といった。「オオブッつあん」の娘が五年生の級長をしていて、この上級生は「コブッつあん」と呼ばれていた。

「オオブッつあん、お願いします」

というわけにはいかない。

「コブッつあんのお父さん――」

というのも尚更《なおさら》おかしい。

結局、私は、自分の名前だけ名乗り、そのまま帰って来た。運動場へもどってから、大淵先生という名を思い出した。

小学校六年のときも、同じようなことをしている。

やはり四国の高松の四番丁小学校だが、きまり通り入口で、学年組氏名を名乗り、

「田中先生」

と叫んだが、いきなり、

「声が小さい！」

と叱られてしまった。

声を張り上げて、

「田中先生！」

と叫び、

「男子便所の」

とどなったところ、あとがつづかなかった。

「金かくしがとても汚れているので、たわしを貸して下さい」

と言いに走っていったのだが、声が出ないのである。「金かくし」ということばを大きな声で言えないのである。

便器とか朝顔とかほかに言いかたもあるのだが、カッと頭に血がのぼっていたのだろう、ほかのことばは思いつかなかった。

「どうした、誰か落ちたのか」

田中先生がおっしゃった。

私は一礼してドアをしめた。

ドアの向うから、どっと笑う先生方の声が聞えた。


職員室へ入るときはドキドキしていたが、だからといって先生を神様と思っていたわけではなかった。小学校へ入ってすぐ、担任の女の先生が赤ちゃんを生んだ。私たちは、何人かずつかたまって、お宅へ赤ちゃんを見にいっている。

三年のときだったと思うが、放課後職員室へボールを返しに行ったら、男の先生と女の先生が、顔をくっつけるようにして、答案かなにかをのぞいていた。

女の先生が、

「やあねえ」

と、教壇の上では出さない声で笑ったのも聞いた。

職員室のすぐ横の、洗面所へ入ろうとしたら、女の先生がうしろ向きに立って上半身をかがめるようにしている。その胸元から、白い液体が、ピュッとほとばしった。

先生はオッパイをしぼっていらしたのだ。

運動服の胸をはだけ、腫《は》れ上ったように張ったお乳を出して、鎖のついたアルマイトの水飲みコップに乳をしぼって捨てていた。

先生は、私に気がつくと、胸を仕舞いオッパイのたまったアルミのコップを持ち上げて、私の方をあごでしゃくり、

「飲む？」

というように少し笑われた。

職員室で先生同士が言い争いをしているのも聞いたし、年とった女の先生が、どういう事情があったのか知らないが、涙を拭いているのも見たことがあった。

それでも、先生を軽く見る、という気持はさらさらなかった。先生も人間だな――子供のことだから、そういうことばで思ったわけではないが、今のことばに直せば、そのへんの気持になる。

女学生の頃だが、放課後、学級日誌を職員室に届けに行ったら、先生が、みかんをひとつ下さった。

うちで食べるのより小さいみかんだったが、私には宝物に思えた。

あの頃は、先生というのは、本当に偉く見えた。

短気ですぐ手を上げる先生もいたし、えこひいきをする先生もいた。洟《はな》をたらした少し頭の弱い生徒に意地の悪い先生もいた。

だが、私たちは先生を尊敬していた。

先生は何でも知っている人であり、教えてくれる人だったからであろう。

今は、先生よりもっと知っている人がたくさんいる。

昔は塾もなく、家庭教師も、テレビもなかった。親も今ほど物知りでなく、掃除洗濯に追われて不勉強だったから、ひたすら先生を立てていた。すこしぐらい先生が間違えても、文句を言わなかった。

先生を偉いと思い、電話口で被《かぶ》りものを取って正座するのは、私たち世代でお仕舞いなのであろう。

電気どじょう

渋谷の道玄坂をのぼったところに、熱帯魚の店があり、電気うなぎが呼び物になっていた。

電気うなぎは店を入ったすぐの大きな水槽《すいそう》の底で、ぼんやりした顔つきで丸まっている。

「どじょう一匹十円」

という貼り紙があって、客は金を払うと電気うなぎがどじょうを食べる瞬間を拝見することが出来た。

私が店へ入ったとき、一人の客がどじょうを買ったところであった。

どじょうが水槽にほうり込まれると、電気うなぎは首を持ち上げる。どじょうが十センチくらいの距離に近づくと、このとき放電が起るらしい。どじょうは急に折れ釘のように硬直して折れ曲り、ビクビクッと痙攣《けいれん》して、そのままスーと下へ落ちる。抵抗力ゼロになったところを、電気うなぎはゆっくりと召し上るわけである。

その客は、立てつづけに三匹ばかりのどじょうを折れ釘にした。見ているのは私ひとりだった。無料で三回分見せていただいたわけだから、私も二匹分くらいはお返しをしなくてはいけないかな、とも思ったが、どじょうの身になれば殺生《せっしょう》なはなしである。うなぎがおなかをこわしてもいけないと思い、私は、小さな会釈《えしゃく》をして「ただ見」をお詫びして店を出た。

友達にこのはなしをして聞かせたのだが、どうも途中で電気どじょう、電気どじょうと言ってしまったらしい。

「電気のつくのはうなぎのほうでしょ。どじょうは別に電気を出すわけじゃないから、ただのどじょうでしょ。あんた間違えてるわよ」

見て来た興奮を伝えようとすると、どうしても話に熱が入る。どじょうがビクビクッと折れ釘になるあたりは、わが体をもって実演しているのに、話の腰を折ることはないじゃないか。

私は面白くなかった。

「間違いじゃないわよ。どじょうだって感電した瞬間は、電気どじょうになるわけでしょ」

それからしばらく、私は、かげで電気どじょうというあだ名で呼ばれていたらしい。

ごめんなさい、間違いました、と謝るのが口惜しいので、理屈にならぬ屁理屈をこねる癖がある。

あれは小学校の四年のときだったか五年のときだったのか、理科の休み時間に拡大鏡のことをどうして虫めがねというのだろうというはなしになった。

すぐうしろに坐っていた女の子が、

「そんなこと簡単よ。小さい虫見るときに使うからじゃないの」

あんたたち、なにを馬鹿なこと言ってるのよ、といわんばかりの口の利《き》き方をした。

この女の子はどういうわけか、着るものからお弁当のおかずまで自分のものが一番だと思い込んでいるらしく、なにかというとまわりの友達を見下《みくだ》す態度をする。

かねがね面白くないと思っていたらしい。私はバカなことを言ってしまった。

「そうじゃないでしょ。虫から人間を見たとき、物凄《ものすご》く大きく見えるじゃないの。だから、大きく見えるのを虫めがねというのよ」

電気どじょうは、この頃から萌芽《ほうが》があったのである。

あるプロデューサーが、テレビドラマの原稿が出来ない書けないときに私が申しのべる言いわけというのを数え上げて下すった。

二十いくつあることにまずびっくりしたが、なかには、我ながら、あきれかえるのがあった。

「頭がかゆいの」

頭がかゆいときに書くと、登場人物全員が頭がかゆいようなセリフをしゃべってしまう。

ここは思い切って中断して美容院へゆき髪を洗って来たほうがいいものが書けると思うわよ、と言ったそうである。

「今日は煙突が見えないから駄目だわ」

煙突というのは、わがアパートのベランダから見える、品川あたりに立っている三本の煙突である。

快晴だと三本揃《そろ》って見えるが、曇りやスモッグ垂れ込める日は一本しか見えない。全く見えない日もある。

私は低血圧症で、曇りの日はどうも頭痛がして、脳のほうも不調である。

「南シナ海に気圧の谷が」

天気予報の方がこうおっしゃっただけで頭のうしろがジーンとしてくるたちだから、煙突が見えない日は、原稿のほうもハカがいかないのである。

「お隣りさんがまた三波春夫かけてるのよ」

ひと頃隣りの部屋にアメリカ人が住んでいたことがある。大使館関係のかたらしいが、日本研究にひどく熱心な夫婦で、正月には松飾りを飾り、よく三波春夫のレコードを大きくかけていた。チャンチキおけさが特にお気に召したらしく、よく聞えていた。

さて、今日は頑張るぞ、と机の前に坐ったとき、チャンチキおけさが聞えると、少なからず意気阻喪《そそう》したのは事実である。

「パンタロンのゴムがきつくて書けないの」

追いつめられたとはいえ、何たるお恥かしいことを口走ったものだろう。

「きつかったらはき替えればいいじゃないですか。パンタロン、一枚しかないんですか」

私ならそう言い返すわね、と言ったところ、

「そんなこと言ったら、また何と言われるか判らないから、黙って帰りました」

と温厚なプロデューサーは笑っていらした。

男というのは、度量の大きいものだと感心しながら、私のこういうところは父ゆずりだなと気がついた。

うちの父も、屁理屈の人であり、理不尽な人間であった。

出先で面白くないことがあると、玄関へ入るなりちょっとした落度をみつけてよく母

をどなりつけた。

玄関の土間に子供の靴がだらしなく脱ぎ捨ててあったり、下駄箱の上の花が枯れていたりすると、当然カミナリが落ちた。

父の帰宅時間が近づくと、母はいつも玄関のあたりをよく調べ、手落ちのないように気を配っていた。

それでも父はよく玄関でどなっていた。

雨の降る日は、玄関に濡れた肩や顔を拭くタオルを置いてない、といって怒っていた。

子供の出迎えが遅いといってどなったこともあった。

一番あきれたのは、酔って帰ったときで、

「なんだ、これは。どなるタネが何にもないじゃないか」

と怒っていたことである。

こういうとき、私たちが出迎えに起きてゆくと、さすがに面はゆいらしく、

「子供はこなくていい。おやじのみっともないとこ見なくていいぞ」

こうどなっていた。

一番病

交差点で信号待ちをしている。

信号はまだ赤だが、もうそろそろ青に変る頃合いと思い、車道に一歩足を踏み出す。ところがどうやら早過ぎたらしく、依然として赤である。

一人が足を踏み出すと、何となくならって、車道に下りてしまうのが、四、五人はいる。本当は、すぐにでも一歩退いて、もとの位置にもどらなくてはならないのだが、こういう場合、もどる人はほとんど居ない。一呼吸か二呼吸で青になるのだからいいようなものだが、一瞬の居心地悪さをこらえて、みんな何となく待っている。進むよりも退くほうが、むつかしいのかも知れない。

交差点で、青になっている時間、つまり人が渡っていい時間は、長いところで五十秒です、と聞いたような気がする。

計ってみよう、たしかめてみようと思いながら、実行していない。

広い大通りで、まん中に分離帯があるような交差点を渡っているとき、別に理由もないのだが妙に気がせいて、足が早くなることがある。

気がつくと先頭を切っている。ところが、負けじとばかり私を追ってくる人がいる。敵もそうなると、こっちも負けたくないという気になって、息を切らして小走りになる。鼻息荒く追いかけて、何のことはない、宇治川の先陣争いになってしまう。

別に理由もない、と書いたが、気持の奥を探ると、小さなわけのあることもある。

気持のなかでわだかまるものがあるときである。

吉か凶か。何かの結果を待っているときである。ムキになっているわけではないが、この交差点を先頭切って渡れれば吉。一番になれなかったら凶、と気持のどこかで小さく賭けているときである。

こういう場合、うまく一着になると、ほっとするのだが、若くて脚の長い男の子などに追い越されると、

「なし。今の賭けはなし」

と早いとこ取り消して、決して賭けは凶にならないように用心しているのだから、おかしなものである。

私を追い越してゆく人も、やはり小さな賭けをしているのかも知れない。それとも、どんな小さなことでも一番にならないと気の済まないタチなのだろうか。

終戦直後のごく短い時期、家族は仙台に住み、私は東京で学生生活、ということがあった。

夏と冬の休みに仙台へ帰るわけだが、おかしいのは、休暇が終って東京へ帰る朝である。

朝一番の汽車で帰る私と弟を、父が仙台駅まで送ってくれるのだが、これが一番でないと気が済まないのである。

夜のしらしら明けどころか、鶏も鳴かないうちに叩き起される。歩いてもたかが知れている仙台市内なのに、

「途中でなにが起るかわからない」

というのである。

夏はまだしも、冬は悲劇であった。

あまりにも早過ぎるので、駅があいていないのである。

雪の中を歯の根も合わないで立っている私と弟を待たせて、父は駅の裏口のほうへいって交渉し、あけてもらう。

宿直室から叩き起されて、目もよく開かない、といった顔の駅員が、舌打ちしながら待合室に電気をつけてくれる。

父は、

「これから東京の学校へ帰るので、風邪を引くといけない。恐縮だがストーブをつけてやってください」

などと頼んでいた。

せっかちな親を持つと、子供は肩身の狭い思いをする。

出掛けに支度《したく》に手間どったりして、駅に着くのが遅れたり、父よりももっと気の早いのがいて、二番になったりすると、父はてき面に不機嫌になった。

ムッとして口も利《き》かず、憤然としてストーブにあたっていた。

「学校ではいつも一番だった」

「うちは××の旧家なの」

こういう人が多いので、びっくりしてしまう。

私もそう言いたいのだが、そこは東京育ちのかなしさで、嘘をいってもすぐ手近かに証人がいてバレてしまう。

それにしても一番と旧家というのは、そんなに沢山《たくさん》あっていいものだろうか。

私は三番だった、という人よりも一番だったという人が多いのである。

「大したうちじゃないのよ、小作でね」

という人には滅多《めった》に逢わない。

私は町なかの生れ育ちで、地方に根をおろして住んだことがない。だから大きなことは言えないのだが、たまに鈍行に乗り、汽車の窓から眺めると、旧家らしいたたずまいの家は、何百軒の中、小の家に一軒の割合である。

たまたま、私のまわりに、全国の旧家の出身がみんな集まったのかも知れないが、それにしても、旧家の数が多すぎるとひがみたくもなってくる。

すこし根性ワルをして、くわしく食い下《さが》って問いただすと、テキは少しあわてて、

「いまは没落しちゃったけどね」

と逃げたり、

「母方の実家が旧家なのよ」

とイナされたりする。

どっちにしても、旧家の出に間違いはないらしい。

家系図。土蔵。家紋のついた提灯。苔《こけ》むした大きな墓石。

そんなものには縁のない東京生れは、ほんとかなあ、と思いながら、羨望と尊敬をこめて、地方なまりを聞いたりしている。

一番の次に多いのは、ビリだったという人である。

いかに自分は勉強ができなかったか。

ハシにも棒にもかからぬワルであったか、得々としてはなしてくださる。こうなると、ビリは一番の裏返しであろう。

一番か。しからずんばビリか。

どっちかでなくては気の済まない人が多い。だが、此《こ》の頃になって、本当に恐いのは二番の人ではないかと思うようになった。

一番は、軍旗を持って格好よく飛び出すが、タマにあたって壮烈な戦死を遂げる率が高そうだ。競輪でも、先頭切る選手は風圧でバテてしまう。最後に笑うのは、二番手につけておいて、土壇場《どたんば》で追い抜く人ではないだろうか。

解　説――向田さんの声変り

吉田篤弘

人間の悲しさはどうしてこんなにおかしいのだろう。そして、人間のおかしさはどうしてこんなに悲しいのだろう。

本書をひもとくたび、そう思う。

「どうしてかしらねぇ」と向田さんの声がどこからか聞こえてくる。これはまったくの独断だが、書棚に並ぶ向田さんのエッセイ集の中で、この本がいちばん向田さんの声を感じる。かしこまった声ではない。普段着の、かたわらに湯気のたつお茶を置いて、気さくに話す素の声だ。

「頭のテッペンから出るキーキー声である。」

と向田さんは自分の声をそう描写している。御本人にはそのように響くのかもしれないが、少なくともこの本から聞こえてくる向田さんの声は決して声高ではない。「私は早口である。」と書いているし、「急ぎ足」であることも繰り返し述べられているが、読者を置いてけぼりにするようなこともまったくない。しいて言えば、なるべく野暮なことを語らないために、さっさと切り上げてしまうところがある。しかし、その切り上げ方がじつに粋だ。余計なことを語らない簡潔な一行は、忘れがたい声となって宙に消え残る。そして、そうした一行の多くが、どこかしらおかしくも悲しい。

「老眼鏡の具合を直すためには、もうひとつ老眼鏡がいる」

「浮気をして帰った人間が、うしろめたい分だけカラ威張りをする」

「Aが見たくて出かけていったのに、どういうわけかBを見て帰ってくる」

――向田さんは海水浴へ行ったのに、仔豚を眺めて帰ってきた経験を語り、父と映画「仔鹿物語」を見に行ったものの、父がすぐに眠ってしまい、「仔鹿？　そんなもの、出て来たか」と要領を得ないようであったと書く。さらには、はるばるスペインのプラド美術館へゴヤの「裸のマヤ」を見に行ったところが、「マヤ」をはじめとするほとんどの名作が日本で開催されているゴヤ展に「旅行中」であったと嘆く。いや、嘆きながらも、「そこだけ白くなった壁面」を眺めて、「これも悪くないな」と思う。

　そんなふうに語りつぐ向田さんの声は、どちらかというと軽妙な声だ。しかし、このエッセイ（「白い絵」）には、末尾でちょっとした転調が起きる。どういうわけか、見たはずのない「裸のマヤ」が壁にかかっている記憶が思い出される。

結びの一行はこうだ。

「歳月は、思い出の中に、記憶をパッチワークみたいにはめこんでしまうのである。」

ここだけわずかに声色が低めに響く。

声の変化については、「声変り」というエッセイに詳しい。男の声変りは一度きりだが、女は時と場合によって、声変りするものらしい。具体的には、かなり声を低く強く響かせることがあるという。

本書には、ときおりそうした向田さんの「声変り」を聞く瞬間がある。

「偶然目に入った風景や人物で、その国を判断してはいけない」（「少年」）

「負けが込んできて、飛行機もタマも乏しくなった頃に「撃ちてし止まん」といわされたように、事態は掲げたスローガンとは反対のことが多い。」（「小判イタダキ」）

「私たちは安全という字がくっついていると、もうそれだけで安心してしまって、つい気がゆるんでしまう。これで大丈夫だと安心をしてしまう。その分だけアブないという気がする。」（「安全ピン」）

これらの文章が書かれてから、すでに三十年以上が過ぎた。三十年前に声色を変えて語られたそれらの何行かは、いまも——いや、いまこそ、より低く強く耳に響く。コレステロールについて書かれた「男殺油地獄」に至っては、「文明は油であり脂であるらしい。脂汗を流して働き、働いて得たお金で脂を得、体に取り込んで寿命を縮めている。」と的確に低い声で言い当てている。

そうした、おかしくも悲しい人間＝霊長類ヒト科のあれこれに、われわれは笑ったり泣いたり、「身に覚えがある」と膝を打ったかと思えば、「身につまされるなぁ」とうなだれる。そこへ追い討ちをかけるように、この本でいちばんまっすぐな、かん高くもなければことさら低くもない声色の一行があらわれる。それは、向田さんがこれまでどのようなドラマを書いてきたかをシンプルに表明した一行だ。

「到らぬ人間の到らぬドラマが好きだった。欠点だらけの男や女の、すべった転んだが描けたらそれでいいと思っていた。」（「大統領」）

本書は小説集でもなければ、ドラマのシナリオ集でもない。けれども、向田さんのどの作品よりも、「到らぬ人間の到らぬドラマ」のエッセンスが惜しみなく注がれているように思う。しかも、多くの場面において、主人公は向田邦子なのである。いかに自分がすべって転んできたかを、身をもって、巧みに声色を変えながら演じている。本書を読んだときに向田さんの声を感じるのは、そうした理由によるものかもしれない。

もうひとつ――。

三十年後のいま――向田さんが書いた時点から眺めれば「未来」であるところの現在において、つくづく考えさせられる一文がある。郵便ポストについて書かれたもので、少し長いけれど、そのまま引用したい。

「鍋やライターや電話ボックスが透明になってきた。この頃はエレベーターまで透明になって来ている。

だが、ポストだけは透明にならないほうがいい。

透明なポストの中に、だんだんと郵便物がたまってゆく。白魚のはらわたのように中身が透いてみえる。

通る人は、気になって仕方がないと思う。

ポストには、さまざまな人生がつまっている。運命や喜怒哀楽や決断や後悔が、四角い薄い形になってつまっている。雑駁な街のなかで、あそこだけにはまだ夢が残っているような気がしている。」

さて、三十年後のいま、郵便ポストはいまのところ透明にはなっていないが、その一方で、郵便とは別の伝達手段にヒトは夢中になっている。それらは、インターネットを介して取り交わされる書面や、つぶやきや、ごく短い言葉のやりとりで、中には、ヒトとヒトとのやりとりがオープンになっているものがある。運命や喜怒哀楽や決断や後悔の中身が誰の目にも透けて見える。

向田さんははたしてこの変化をどう見るだろう。

老いも若きも、こぞって携帯電話に見入る姿に、宇宙人を見る思いがするかもしれない。

ところで、もし、本物の宇宙人が地球にやって来て、「ヒト」に関する詳細を知りたいと言ったら、「ここに全部書いてありますよ」と本書を差し出したい。ヒトという生き物はこんなにも愚かで悲しく、到らなくて欠点だらけで、すべって転んでばかり。それでも、けなげに意地らしく前へ進んでゆこうとする動物である、と。

「え？　宇宙人？」と向田さんは苦笑するだろう。それはそうだ。三百年後はどうなるかわからないとしても、いまから三十年後に宇宙人があらわれるとは思えない。依然として、星や国や街の営みを賄うのはヒトである。

だから、当然ながら、この本は宇宙人のために書かれたのではない。

「宇宙人じゃなくてね――」

と、向田さんは三十年後のいまを生きるわれわれを指差し、優しくも低い声で言っている。

「あなたたちに」

（作家）

文春文庫

霊長類《れいちょうるい》ヒト科《か》動物《どうぶつ》図鑑《ずかん》

定価はカバーに
表示してあります

2014年7月10日　新装版第1刷
2021年7月15日　　　　第4刷

著　者　向《むこう》田《だ》邦《くに》子《こ》

発行者　花田朋子
発行所　株式会社 文藝春秋

東京都千代田区紀尾井町 3-23　〒102-8008
TEL 03・3265・1211㈹
文藝春秋ホームページ　http://www.bunshun.co.jp

落丁、乱丁本は、お手数ですが小社製作部宛お送り下さい。送料小社負担でお取替致します。

印刷製本・凸版印刷
Printed in Japan
ISBN978-4-16-790141-7